Bajki robotów

STANISŁAW

LEM

Bajki robotów

Posłowie
Jerzy Jarzębski

Wydawnictwo Literackie

ISBN 978-83-08-04889-4

Basi

Trzej elektrycerze

Żył raz pewien wielki konstruktor-wynalazca, który nie ustając, wymyślał urządzenia niezwykłe i najdziwniejsze stwarzał aparaty. Zbudował był sobie maszynkę-okruszynkę, która pięknie śpiewała, i nazwał ją ptaszydło. Pieczętował się sercem śmiałym, i każdy atom, który wyszedł spod jego ręki, nosił ów znak, że dziwili się potem uczeni, odnajdując w widmach atomowych migotliwe serduszka. Zbudował wiele pożytecznych maszyn, wielkich i małych, aż naszedł go pomysł dziwaczny, aby śmierć z życiem w jedno złączyć i tak dopiąć niemożliwości. Postanowił zbudować istoty rozumne z wody, ale nie tym okropnym sposobem, o którym zaraz pomyślicie. Nie, myśl o ciałach miękkich i mokrych była mu obca, brzydził się jej jak każdy z nas. Zamierzył zbudować z wody istoty prawdziwie piękne i mądre, więc krystaliczne. Wybrał tedy planetę, bardzo od wszystkich słońc oddaloną, z zamarzłego jej oceanu wysiekł góry lodowe i z nich, jak z kryształu górskiego, wyciosał Kryonidów. Zwali się tak, bo tylko w przeraźliwym mrozie istnieć mogli i w pustce bezsłonecznej. Pobudowali też w niedługim czasie miasta i pałace lodowe, a że wszelkie ciepło groziło im zgubą, zorze polarne łapali do wielkich naczyń przejrzystych i nimi oświetlali swoje siedziby. Im kto był wśród nich możniejszy, tym więcej miał zórz polarnych, cytrynowych i srebrzystych, i żyli sobie szczęśliwie, a że się nie tylko w świetle, ale i w szlachetnych kamieniach kochali, słynęli ze swych klejnotów. Klejnoty te były z zamarzniętych gazów cięte i szlifowane. Barwiły im wieczną ich noc, w której, jak duchy uwięzione, płonęły wysmukłe zorze polarne, podobne do zaklętych mgławic w kłodach z kryształu. Niejeden zdobywca kosmiczny chciał posiąść te bogactwa, cała bowiem Kryonia była z największych dali widoczna, migocąc bokami jak klejnot, obracany z wolna na czarnym aksamicie. Przybywali więc awanturnicy na Kryonię, by szczęścia wojennego próbować. Przyleciał na nią elektrycerz Mosiężny, który stąpał, jakby dzwon dzwonił, ale zaledwie na lodach nogę postawił, stopiły się od gorąca i runął w otchłań lodowego oceanu, a wody zamknęły się nad nim i, jak owad w bursztynie, w górze lodowej na dnie mórz kryońskich po dzień ostatni spoczywa.

Nie odstraszył los Mosiężnego innych śmiałków. Przyleciał po nim elektrycerz Żelazny, opiwszy się płynnym helem, aż mu w stalowym wnętrzu bulgotało, a szron, osiadający na pancerzu, uczynił go do kukły śniegowej podobnym. Ale szybując ku powierzchni planety, rozpalił się od tarcia atmosferycznego, hel płynny wyparował z niego, świszcząc, a on sam, świecąc czerwono, na skały lodowe upadł, które zaraz się otwarły. Wydobył się, parą buchając, podobny do gejzera wrzącego, lecz wszystko, czego się tknął, stawało się białym obłokiem, z którego śnieg padał. Usiadł więc i czekał, aż ostygnie, a gdy już gwiazdki śniegowe przestały topnieć mu na pancernych naramiennikach, chciał wstać i ruszyć w bój, lecz smar stężał mu w stawach i nie mógł nawet grzbietu wyprostować. Do dzisiaj tak siedzi, a śnieg padający uczynił go białą górą, z której tylko ostrze hełmu wystaje. Nazywają tę górę Żelazną, a w oczodołach jej lśni wzrok zamarznięty.

Posłyszał o losie poprzedników trzeci elektrycerz, Kwarcowy, którego w dzień nie widać było inaczej jak soczewkę polerowaną, a w nocy jak odbicie gwiazd. Nie obawiał się, że mu olej w członkach stężeje, bo go nie miał, ani że lodowe kry pod nogami mu pękną, mógł bowiem zimnym stawać się, jak chciał. Jednego musiał unikać, to jest myślenia uporczywego, od niego bowiem rozgrzewał mu się kwarcowy mózg i to mogło go zgubić. Ale postanowił sobie bezmyślnością żywot uratować i zwycięstwo nad Kryonidami osiągnąć. Przyleciał na planetę, a taki był długą podróżą przez wieczną noc galaktyczną zmrożony, że meteory żelazne, które się o jego pierś w locie ocierały, trzaskały na kawałki, dzwoniąc jak szkło. Osiadł na białych śniegach Kryonii, pod jej niebem czarnym jak garnek pełny gwiazd, i, podobny do lustra przejrzystego, chciał się zastanowić, co ma począć dalej, ale już śnieg wokół niego sczerniał i począł parować.

— Oho! — rzekł sobie Kwarcowy — niedobrze! Nic po tym, byle tylko nie myśleć, a będzie dobra nasza!

I postanowił sobie tę jedną frazę powtarzać, cokolwiek się stanie, bo nie wymagała wysiłku umysłowego, a dzięki temu wcale go nie rozgrzewała. Ruszył tedy pustynią śnieżną Kwarcowy, bezmyślnie i byle jako, aby chłód zachować. Szedł tak, aż doszedł do murów lodowych stolicy Kryonidów, Frygidy. Rozpędził się, głową w blanki uderzył, aż skry poszły, lecz nic nie wskórał.

— Spróbujemy inaczej! — rzekł sobie i zastanowił się, ile to też będzie: dwa razy dwa?

A kiedy rozmyślał nad tym, głowa mu się nieco rozgrzała, więc drugi raz mury roziskrzone taranował, ale tylko dołek uczynił niewielki.

— Mało było! — rzekł sobie. — Spróbujemy czegoś trudniejszego. Ile to też będzie: trzy razy pięć?

Teraz to już głowę jego otoczyła chmura skwiercząca, bo śnieg w zetknięciu z tak gwałtownym myśleniem od razu kipiał, więc cofnął się Kwarcowy, nabrał rozpędu, uderzył i na wylot przeszedł mur, a za nim jeszcze dwa pałace i trzy domy pomniejszych Grafów Mroźnych, wypadł na wielkie schody, chwycił się poręczy ze stalaktytów, ale stopnie były jak ślizgawka. Zerwał się szybko, bo już wszystko wokół niego tajało i mógł w ten sposób przewalić się przez całe miasto w głąb, w przepaść lodową, gdzie by na wieki zamarzł.

— Nic po tym! Byle tylko nie myśleć! Dobra nasza! — rzekł sobie i w samej rzeczy zaraz ostygł.

Wyszedł więc z tunelu lodowego, który wytopił, i znalazł się na wielkim placu, ze wszech stron oświetlonym zorzami polarnymi, które mrugały szmaragdem i srebrem z kolumn kryształowych.

I wyszedł mu naprzeciw skrzący się gwiezdnie rycerz ogromny, wódz Kryonidów, Boreal. Zebrał się w sobie elektrycerz Kwarcowy i runął do ataku, a tamten zwarł się z nim i był taki łoskot, jak kiedy się zderzą dwie góry lodowe pośrodku Oceanu Północnego. Odpadła lśniąca prawica Boreala, odrąbana u nasady, ale nie stropił się, dzielny, lecz odwrócił się, aby pierś, szeroką jak lodowiec, którym wszak był, nadstawić wrogowi. Tamten zaś drugi raz nabrał szybkości i znów taranował go straszliwie. Twardszy był kwarc i bardziej spoisty od lodu, pękł więc Boreal z hukiem, jakby lawina zeszła po zboczach skalnych, i leżał, rozpryśnięty w świetle zórz polarnych, które patrzały na jego klęskę.

— Dobra nasza! Byle tak dalej! — rzekł Kwarcowy i zerwał z pokonanego klejnoty cudownej piękności: pierścienie wysadzane wodorem, hafty i guzy roziskrzone, podobne do diamentowych, lecz z trójcy gazów szlachetnych rżnięte — argonu, kryptonu i ksenonu. Ale gdy się nimi zachwycał, pociepłał ze wzruszenia, toteż owe brylanty i szafiry, sycząc, wyparowały mu pod dotknięciem, że nie trzymał już nic — prócz kilku kropelek rosy, która też się zaraz ulotniła.

— Oho! A więc i zachwycać się nie należy! Nic to! Byle tylko nie myśleć! — rzekł sobie i ruszył dalej w głąb zdobywanego grodu.

Ujrzał w dali postać nadciągającą ogromną. Był to Albucyd Biały, Jenerał-Minerał, którego rozłożystą pierś rzędy orderowych sopli przecinały, z wielką gwiazdą Szronu na wstędze glacjalnej; ów strażnik skarbców królewskich bronił dostępu Kwarcowemu, który runął nań jak burza i zdruzgotał z grzmotem lodowym. Przybiegł Albucydowi z pomocą książę Astrouch, pan na lodach czarnych; temu elektrycerz nie dał rady, bo książę miał na sobie kosztowną zbroję azotową, w helu hartowaną. Mróz od niej szedł taki, że Kwarcowemu odjęło impet i ruchy jego osłabły, a zorze polarne aż przybladły, taki się wiew Zera Absolutnego rozszedł wokoło. Zerwał się Kwarcowy, myśląc: — Rety! Co też to się znowu dzieje takiego? — a z wielkiego zdumienia mózg mu się rozgrzał, Zero Absolutne stało się letnie i na jego oczach Astrouch sam jął się rozpadać na dzwona, z gromami, które wtórowały jego agonii, aż tylko kupa czarnego lodu, wodą jak łzami ociekająca, w kałuży została na pobojowisku.

— Dobra nasza! — rzekł sobie Kwarcowy — byle tylko nie myśleć, a jeśli potrzeba, to myśleć! Tak lub owak — zwyciężyć muszę!

I pognał dalej, a kroki jego dzwoniły, jakby ktoś młotem tłukł kryształy; i tętnił, pędząc ulicami Frygidy, a mieszkańcy jej spod białych okapów patrzyli nań z rozpaczą w sercach. Mknął tak niczym rozjuszony meteor Drogą Mleczną, gdy dostrzegł w dali postać samotną, niewielką. Był to sam Baryon, zwany Lodoustym, największy mędrzec Kryonidów. Rozpędził się Kwarcowy, by go jednym ciosem zmiażdżyć, ten jednak ustąpił mu z drogi i pokazał dwa palce wystawione; nie wiedział Kwarcowy, co by to mogło znaczyć, ale zawrócił i — nuże na przeciwnika, lecz Baryon znowu tylko o krok mu się usunął i szybko pokazał jeden palec. Zdziwił się nieco Kwarcowy i zwolnił biegu, chociaż już nawrócił i właśnie miał brać rozpęd. Zamyślił się, i woda jęła płynąć z pobliskich domów, ale nie widział tego, bo Baryon ukazał mu kółko z palców złożone i przez nie kciukiem drugiej ręki prędko tam i sam poruszał. Kwarcowy myślał i myślał, co też by te milczące gesty miały wyrażać, i otwarła mu się pustka pod nogami, chlusnęło z niej czarną wodą, a on sam poleciał w głąb jak kamień i nim zdążył sobie jeszcze powiedzieć: — Nic to, byle nie myśleć! — już go na świecie nie było. Pytali potem uratowani Kryonidzi, wdzięczni Baryonowi za ratunek, co chciał wyjawić znakami, które straszliwemu elektrycerzowi-przybłędzie pokazywał.

— To rzecz całkiem prosta — odparł mędrzec. — Dwa palce znaczyły, że jest nas dwóch, razem z nim. Jeden, że zaraz ja sam tylko zostanę. Potem pokazałem mu kółko na znak, że się wkoło niego lód otworzy i otchłań czarna oceanu pochłonie go na wieki. Jednego nie pojął, tak samo jak drugiego i trzeciego.

— Wielki mędrcze! — zawołali zdumieni Kryonidzi. — Jakże mogłeś dawać takie znaki straszliwemu napastnikowi?! Pomyśl, panie, co byłoby, gdyby cię zrozumiał i zdziwienia zaniechał?! Przecież nie rozgrzałby go wówczas namysł i nie runąłby w bezdenną otchłań...

— Ach, tego nie obawiałem się wcale — rzekł z zimnym uśmiechem Baryon Lodousty — wiedziałem bowiem z góry, że niczego nie pojmie. Gdyby choć odrobinę miał rozumu, nie przybyłby do nas. Cóż bowiem może przyjść istocie, która pod słońcem mieszka, z klejnotów gazowych i srebrnych gwiazd lodu?

A oni zadziwili się z kolei mądrości mędrca i odeszli, uspokojeni, do swych domów, w których czekał ich mróz miły. Odtąd nikt już nie próbował najechać Kryonii, bo zabrakło głupców w całym Kosmosie, chociaż niektórzy mówią, że ich jeszcze sporo, a tylko drogi nie znają.

Uranowe uszy

Żył raz pewien inżynier Kosmogonik, który rozjaśniał gwiazdy, żeby pokonać ciemność. Przybył do Mgławicy Andromedy, gdy jeszcze była pełna czarnych chmur. Skręcił zaraz wir wielki, a gdy ten ruszył, Kosmogonik sięgnął po swoje promienie. Miał ich trzy: czerwony, fioletowy i niewidzialny. Zażegnął kulę gwiazdową pierwszym i zaraz stała się czerwonym olbrzymem, ale nie zrobiło się jaśniej w mgławicy. Ukłuł gwiazdę drugim promieniem, aż zbielała. Powiedział do swego ucznia: — Pilnuj mi jej! — a sam poszedł inne rozpalać. Uczeń czekał tysiąc lat i drugi tysiąc, a inżynier nie wracał. Znudziło mu się to czekanie. Podkręcił gwiazdę i z białej stała się błękitna. Spodobało mu się to i pomyślał, że już wszystko umie. Chciał jeszcze podkręcić, ale się sparzył. Poszukał w puzderku, które zostawił Kosmogonik, a tam nic nie ma, jakoś zanadto nic; patrzał i nawet dna nie zobaczył. Domyślił się, że to niewidzialny promień. Chciał poszturchać nim gwiazdę, nie wiedział jednak — jak. Wziął puzderko i cisnął całe w ogień. Wszystkie chmury Andromedy zajaśniały wtedy, jakby sto tysięcy słońc naraz zaświeciło, i stało się w całej mgławicy jasno jak w dzień. Uradował się uczeń, ale niedługa była jego uciecha, gwiazda bowiem pękła. Nadleciał wtedy Kosmogonik, widząc szkodę, a że niczego nie chciał zmarnować, chwytał płomienie i urabiał z nich planety. Pierwszą stworzył gazową, drugą węglową, a do trzeciej już mu tylko najcięższe metale zostały, wyszła więc z tego kula aktynowców. Kosmogonik ścisnął ją, puścił w lot i powiedział: — Za sto milionów lat wrócę, zobaczymy, co z tego będzie. — I pomknął szukać ucznia, który ze strachu przed nim uciekł.

A na planecie tej, Aktynurii, powstało wielkie państwo Palatynidów. Każdy z nich był tak ciężki, że tylko po Aktynurii mógł chodzić, bo na innych planetach grunt się pod nim zapadał, a kiedy krzyknął, góry padały. Ale u siebie w domu lekko stąpali i głosu nie śmieli podnieść, albowiem władca ich, Architor, nie znał miary w okrucieństwie. Mieszkał w pałacu, z góry platynowej wyciosanym, w którym było sześćset ogromnych sal, a w każdej jedna jego dłoń leżała, taki był wielki. Wyjść z pałacu nie mógł, ale wszędzie miał szpiegów, taki był podejrzliwy, i nękał też poddanych swoją chciwością.

Nie potrzebowali Palatynidzi żadnych lamp ani ogni nocą, bo wszystkie góry ich planety były radioaktywne, że o nowiu można było szpilki liczyć. W dzień, kiedy słońce zbyt dawało się we znaki, spali w podziemiach swoich gór i tylko nocami schodzili się w metalowych dolinach. Ale okrutny Architor kazał do kotłów, w których topiło się pallad z platyną, wrzucać bryły uranu i obwieścił o tym w całym państwie. Każdy Palatynida musiał przybyć do pałacu królewskiego, gdzie mu brano miarę na nowy pancerz i zakładano naramienniki i szyszak, rękawice i nagolenniki, przyłbicę i hełm, a wszystko samoświecące, bo odzienie to było z blachy uranowej, a najmocniej świeciły się uszy.

Odtąd nie mogli już Palatynidzi gromadzić się dla wspólnej rady, bo jeśli zbiegowisko stawało się zbyt tłoczne, wybuchało. Musieli więc pędzić żywot samotnie, omijając siebie z daleka, w trwodze przed reakcją łańcuchową, Architor zaś radował się ich smutkiem i obciążał ich coraz to nowymi daninami. Mennice jego w sercu gór biły dukaty ołowiane, ołowiu bowiem najmniej było na Aktynurii i największą miał cenę.

Wielką biedę cierpieli poddani złego władcy. Niektórzy pragnęli wzniecić bunt przeciw Architorowi i porozumiewali się w tym celu na migi, ale nic z tego nie wychodziło, bo zawsze znalazł się ktoś mniej pojętny, kto zbliżał się do reszty, aby zapytać, o co chodzi, i wskutek jego nierozgarnięcia spisek natychmiast wylatywał w powietrze.

Był na Aktynurii młody wynalazca, zwący się Pyron, który nauczył się ciągnąć druty z platyny tak cienkie, że można z nich było robić sieci, w które chwytały się obłoki. Wynalazł Pyron telegraf z drutem, a potem tak cienki drut wyciągnął, że już go nie było, i w ten sposób powstał telegraf bez drutu. Nadzieja wstąpiła w mieszkańców Aktynurii, myśleli bowiem, że teraz uda się spisek zawiązać. Ale chytry Architor podsłuchiwał wszystkie rozmowy, trzymając w każdej z sześciuset rąk przewodnik platynowy, dzięki czemu wiedział, co jego poddani mówią, a ledwo doszło doń słowo „bunt" albo „rokosz", natychmiast wysyłał pioruny kuliste, które spiskowców zamieniały w płomienistą kałużę.

Pyron postanowił podejść złego władcę. Kiedy zwracał się do przyjaciół, zamiast „bunt" mówił „buty", zamiast „spiskować" — „odlewać", i w ten sposób przygotowywał powstanie. Architor zaś dziwił się, czemu jego poddani tak się naraz szewstwem zajęli, bo nie wiedział, że kiedy mówią „na kopyto wziąć", rozumieją przez to „wbić na pal ognisty", a buty za ciasne oznaczają jego tyranię. Ale ci, do których zwracał się Pyron, nie zawsze go dobrze pojmowali, gdyż nie mógł im inaczej wyjawić swych planów aniżeli w szewskiej mowie. Wykładał im tak i owak, a gdy byli niepojętni, przez nieostrożność zatelegrafował raz: „z plutonu pasy drzeć", niby na zelówki. Ale tu król przeraził się, pluton bowiem jest krewnym najbliższym uranu, a uran — toru, Architor zaś brzmiało jego imię. Wysłał więc natychmiast straż pancerną, która ujęła Pyrona i rzuciła na ołowianą posadzkę przed oblicze króla. Pyron nie przyznał się do niczego, ale król uwięził go w palladowej baszcie.

Wszelka nadzieja opuściła Palatynidów, ale nadszedł już czas i wrócił w ich strony Kosmogonik, twórca trzech planet.

Przyjrzał się z dala porządkom panującym na Aktynurii i rzekł sobie: — Tak nie może być! — Za czym uprządł najcieńsze i najtwardsze promieniowanie, jak w kokonie, złożył w nim własne ciało, aby czekało na jego powrót, a sam przybrał postać ubogiego ciury i zeszedł na planetę.

Kiedy ciemność zapadła i tylko dalekie góry zimnym pierścieniem oświetlały platynową dolinę, Kosmogonik chciał się zbliżyć do poddanych króla Architora, ale ci unikali go z największą trwogą, obawiali się bowiem uranowej eksplozji, a on na próżno gonił za tym lub za owym, bo nie rozumiał, dlaczego tak przed nim uciekają. Krążył więc po wzgórzach, do tarcz rycerskich podobnych, krokiem dzwoniącym, aż zaszedł do podnóża baszty, w której Architor trzymał skutego Pyrona. Zobaczył go Pyron przez kraty i wydał mu się Kosmogonik, choć w postaci skromnego robota, inny od wszystkich Palatynidów: nie świecił bowiem w ciemności ani trochę, lecz ciemny był jak trup. Działo się tak dlatego, ponieważ w zbroi jego nie było ani krzty uranu. Okrzyknąć chciał go Pyron, ale usta miał zaśrubowane, więc tylko skrzesał iskier, bijąc głową o ściany swego więzienia, a Kosmogonik, ujrzawszy ten błysk, zbliżył się do baszty i zajrzał w zakratowane okienko. Pyron nie mógł mówić, ale mógł dzwonić łańcuchami, wydzwonił więc całą prawdę Kosmogonikowi.

— Cierp i czekaj — rzekł mu ów — a doczekasz się.

Kosmogonik udał się w najdziksze góry Aktynurii i szukał przez trzy dni kryształów kadmu, a kiedy je znalazł, na blachę je rozpłaszczył, bijąc palladowymi głazami. Wykroił z blachy kadmowej nauszniki i kładł je na progach wszystkich domostw. Palatynidzi zaś, którzy je znajdowali, zdziwieni nakładali je zaraz, bo była zima.

Nocą pojawił się wśród nich Kosmogonik i pręcikiem rozżarzonym poruszał tak szybko, że się z tego układały ogniste linie. W ten sposób pisał do nich w ciemności: „Możecie się już zbliżyć bezpiecznie, kadm was przed zgubą uranową ochroni". Oni jednak myśleli, że jest królewskim szpiegiem, i nie ufali jego radom. Rozgniewał się Kosmogonik, że mu nie wierzą, poszedł w góry i zbierał w nich rudę uranową, wytapiał z niej metal srebrzysty i bił z niego lśniące dukaty; na jednej stronie był profil świetlisty Architora, a na drugiej — wizerunek jego sześciuset rąk.

Objuczony dukatami uranowymi powrócił Kosmogonik w dolinę i pokazał Palatynidom taki dziw: rzucał dukaty z dala od siebie, jeden na drugi, że uczynił się z nich dzwoniący stos, a kiedy dorzucił jeszcze jeden dukat nad miarę, powietrze zadrżało, z dukatów strzeliła jasność i obróciły się w kulę białego płomienia, a gdy wiatr wszystko rozwiał, tylko krater został, wytopiony w skale.

Potem drugi raz jął rzucać Kosmogonik dukaty z wora, ale już inaczej, bo co dukat rzucił, to go z wierzchu przykrył płytką kadmową, i choć powstał z tego stos sześć razy większy niż poprzednio, nic się nie stało. Uwierzyli mu wtedy Palatynidzi i skupiwszy się, z największą ochotą spisek zaraz przeciwko Architorowi zawiązali. Chcieli obalić króla, ale nie wiedzieli jak, pałac był bowiem murem promienistym otoczony, a na zwodzonym moście stała maszyna katowska, i kto nie znał hasła, tego rozcinała na sztuki.

Zbliżała się właśnie płatność nowej daniny, którą chciwy Architor ustanowił. Rozdał Kosmogonik poddanym królewskim uranowe dukaty i nimi radził spłacać daninę. Tak też uczynili.

Cieszył się król, że tak wiele świecących dukatów idzie do jego skarbca, bo nie wiedział, że są uranowe, a nie ołowiane. W nocy zaś Kosmogonik stopił więzienne kraty i wyswobodził Pyrona, a kiedy milcząc, szli doliną w świetle radioaktywnych gór, jakby pierścień księżyców spadł i opasał koliskiem widnokręgi, naraz światłość wybuchła straszliwa, bo stos uranowych dukatów w skarbcu królewskim nazbyt już urósł i wszczęła się w nim reakcja łańcuchowa. Eksplozja podniebna rozerwała pałac i cielsko metalowe Architora, a siła jej była taka, że sześćset oderwanych dłoni tyrana poleciało w próżnię międzygwiezdną. Na Aktynurii zapanowała radość, Pyron został jej sprawiedliwym władcą, a Kosmogonik, powróciwszy w ciemność, ciało swoje wydobył z promienistego kokonu i odszedł, by gwiazdy zapalać. Sześćset zaś platynowych rąk Architora do dzisiaj krąży wokół planety jako pierścień podobny do Saturnowego, świecąc wspaniałym blaskiem, stokrotnie od światła gór radioaktywnych silniejszym, i powiadają uradowani Palatynidzi: — Patrzcie, jak dobrze Tor nam świeci. — A ponieważ niektórzy katem do dziś go nazywają, powiedzenie to stało się porzekadłem, doszło do nas po długiej wędrówce wśród wysp galaktycznych, i dlatego powiadamy: „Kat mu świeci".

Jak Erg Samowzbudnik bladawca pokonał

Potężny król Boludar kochał się w osobliwościach, na których gromadzeniu pędził życie, zapominając dla nich nieraz i o ważnych sprawach państwowych. Miał on kolekcję zegarów, a pośród nich były zegary tańczące, zegary-zorze i zegary-obłoki. Miał też wypchane stwory z najdalszych stron Wszechświata, a w osobnej sali, pod dzwonem szklanym, istotę najrzadszą, zwaną Homosem Antroposem, przedziwnie bladą, dwunogą, która miała nawet oczy, choć puste, i król kazał w nie dwa rubiny piękne włożyć, aby Homos patrzał czerwonym wzrokiem. Podochociwszy sobie, Boludar co najmilszych gości prosił do tej sali i pokazywał im maszkarę.

Pewnego razu gościł król na dworze elektrowieda tak starego, że już mu się w kryształach rozum od starości nieco mieszał, wszelako był ów elektrowied, Halazonem zwany, skarbnicą wszelkiej mądrości galaktycznej. Powiadano, że znał sposoby nizania fotonów na nitki, z czego świetliste naszyjniki powstają; a nawet, że wiedział, w jaki sposób można złowić żywego Antroposa. Znając jego słabość, król kazał natychmiast piwnice otworzyć; elektrowied poczęstunku nie odmawiał i pociągnąwszy o jeden raz za wiele z butli lejdejskiej, kiedy miłe prądy rozeszły mu się po całym ciele, straszliwą tajemnicę zdradził królowi i obiecał zdobyć dlań Antroposa, który był władcą pewnego plemienia śródgwiezdnego; cenę wyznaczył wysoką: tyle brylantów rozmiaru pięści, ile Antropos zaważy — lecz król ani nie mrugnął.

Wyruszył tedy Halazon w drogę, król zaś jął chełpić się przed radą tronową oczekiwanym nabytkiem, czego i tak zresztą nie mógł ukryć, bo kazał już w parku zamkowym, gdzie rosły najwspanialsze kryształy, budować klatkę z grubych sztab żelaznych. Trwoga padła na dworaków. Widząc nieustępliwość króla, wezwali na zamek dwóch mędrców homologów, których król przyjął miłym sercem, był bowiem ciekaw, co też wielowiedowie ci, Salamid i Thaladon, powiedzą mu o istocie bladej takiego, czego on sam jeszcze nie wie.

— Czy prawdą jest — spytał, ledwo z klęczek powstali, oddawszy mu należny ukłon — że Homos miększy jest nad wosk?

— Tak jest, Wasza Jasność! — odparli obydwaj.

— A czy i to prawda, że szparką, którą ma u dołu twarzy, może wydawać rozmaite dźwięki?

— Tak jest, Wasza Królewska Mość, jak również, że do tego samego otworu tka Homos różne rzeczy, a potem dolną częścią głowy rusza, która na zawiaskach jest do górnej przytwierdzona, przez co się owe rzeczy rozdrabniają i on je wciąga do swego wnętrza.

— Dziwny obyczaj, o którym słyszałem — rzekł król. — Wszelako powiedzcie, mędrcy moi, po co on to czyni?

— W tej materii cztery są teorie, Wasza Królewska Mość — odparli homologowie. — Pierwsza, że czyni tak, by się nadmiaru jadów pozbyć (jadowity jest bowiem niesłychanie). Druga, że postępuje tak gwoli niszczeniu, które przedkłada nad wszelką inną uciechę. Trzecia, że przez chciwość, bo wszystko by pochłonął, gdyby mógł, czwarta...

— Dobrze, już dobrze! — rzekł król. — Czy to prawda, że on z wody jest uczyniony, a jednak nieprzezroczysty, jak ta moja kukła?

— I to prawda! Ma on, panie, w środku wielość rurek śliskich, którymi wody cyrkulują; są w nim żółte, są perłowe, ale najwięcej czerwonych — te niosą straszną truciznę, kwasorodem lub tlenem zwaną, który to gaz wszystko, czego tknie, zaraz w rdzę obraca lub w płomień. Dlatego on sam mieni się perłowo, żółto i różowo. Wszelako, Wasza

Królewska Mość, błagamy pokornie, byś od zamysłu sprowadzenia żywego Homosa odstąpić raczył, istota to bowiem potężna i złośliwa jak żadna inna...

— To wyłuszczyć musicie mi dokładnie — rzekł król, udając, że gotów jest się do rad mędrców przychylić. W istocie jednak chciał zaspokoić tylko swoją wielką ciekawość.

— Istoty, do których i Homos należy, zwą się trzęskimi, panie. Należą do nich silikończycy i proteidzi; pierwsi gęstszej są konsystencji, przeto zwą ich zakalcytami bądź studzieninowcami; drudzy, rzadsi, u różnych autorów różne noszą miana, jako to: lipcy lub lipkowie u Pollomedera, grzęzawcy lub klejowaci u Tricephalosa Arborydzkiego, nareszcie trzęśliniakami klejookimi przezwał ich Analcymander Miedziawy...

— Prawdaż to, że oni nawet oczy mają śliskie? — spytał żywo król Boludar.

— Tak jest, panie. Istoty owe, z pozoru słabe i kruche, że dość upadku z sześćdziesięciu stóp, aby się każda w kałużę czerwoną rozbryznęła, przedstawiają, przez przyrodzoną chytrość, niebezpieczeństwo gorsze od wszystkich razem wirów i raf Pierścienia Astrycznego! Tak więc, błagamy cię, panie, abyś, mając na względzie dobro państwa...

— Już dobrze, moi kochani, dobrze — przerwał im król. — Możecie iść, a ja powezmę decyzję z należytą rozwagą.

Uderzyli czołem mędrcy homologowie i odeszli niespokojni, gdyż czuli, że nie porzucił groźnego zamysłu król Boludar.

Jakoż niebawem korab gwiezdny przywiózł nocą ogromne paki. Te zaraz do ogrodu królewskiego przeniesiono. Wnet otwarły się złociste podwoje dla wszystkich królewskich poddanych; wśród brylantowych gąszczy, z jaspisu wyrzeźbionych altan i marmurowych dziwadeł ujrzeli klatkę żelazną, a w niej istotę bladą, wiotką, która siedziała na małej baryłce, przed miską z czymś osobliwym, co wydawało wprawdzie woń oleju, ale popsutego przypaleniem na ogniu, a przez to nie nadającego się już do użytku. Wszelako istota najspokojniej nurzała rodzaj łopatki w misce i nabierając z czubem, wkładała maszczoną olejem substancję do otworu twarzowego.

Patrzący oniemieli ze zgrozy, kiedy odczytali napis na klatce, wyjawił bowiem, że mają przed sobą Antroposa Homosa — bladawca żywego. Pospólstwo jęło go drażnić, a wtedy Homos wstał, zaczerpnął czegoś z baryłki, na której był siedział, i chlustać jął na gawiedź zabójczą wodą. Jedni uciekali, drudzy chwytali kamienie, by ohydę porazić, ale straż zaraz obecnych rozpędziła.

O wypadkach tych dowiedziała się córka królewska, Elektrina. Odziedziczyła widać ciekawość po ojcu, nie bała się bowiem zbliżać do klatki, w której stwór pędził czas na drapaniu się lub wchłanianiu takich ilości wody i popsutego oleju, jaka by stu poddanych królewskich na miejscu uśmierciła.

Homos nauczył się rychło rozumnej mowy i ważył się nawet zagadywać Elektrinę.

Spytała go raz królewna, co też takiego białego świeci mu się w gębie.

— Nazywam to zębami — rzekł.

— Podaj mi choć jeden ząb przez kratę! — poprosiła królewna.

— A co mi za to dasz? — spytał.

— Dam ci mój złoty kluczyk, ale tylko na chwilę.

— A co to za kluczyk?

— Mój osobisty, którym się co wieczór rozum nakręca. Przecież i ty musisz go mieć.

— Mój kluczyk jest inny od twego — odparł wymijająco. — A gdzie go masz?

— Tu, na piersi, pod złotą klapką.

— Daj mi go...

— A dasz mi ząb?

— Dam...

Królewna odkręciła złotą śrubkę, otwarła klapkę, wyjęła złoty kluczyk i podała przez kraty. Bladawiec chwycił go chciwie i rechocząc, uciekł w głąb klatki. Królewna prosiła go i błagała, by kluczyk oddał, lecz na próżno. Bojąc się zdradzić komukolwiek, co uczyniła, Elektrina z ciężkim sercem wróciła na pokoje pałacowe. Postąpiła nierozumnie, ale była jeszcze prawie dzieckiem. Nazajutrz słudzy znaleźli ją leżącą bez pamięci w kryształowym łóżku. Przybiegł król z królową, i dwór cały, a ona leżała, jakby śpiąc, ale nie dało się jej zbudzić. Wezwał król konsyliarzy-elektrykarzy nadwornych, medykierów-lekarczyków, a ci, zbadawszy królewnę, odkryli, że klapka otwarta, a śrubki ani kluczyka nie ma! Gwałt podniósł się w zamku i rwetes, wszyscy biegali, szukając kluczyka, ale daremnie. Nazajutrz doniesiono pogrążonemu w rozpaczy królowi, że jego bladawiec chce z nim mówić w sprawie zaginionego kluczyka. Król sam zaraz udał się do parku, a straszydło rzekło mu, iż wie, gdzie królewna kluczyk zgubiła, ale powie dopiero wtedy, kiedy król słowem królewskim wolność mu zaręczy i korab próżniopław ofiaruje, aby mógł nim do swoich wrócić. Król długo się opierał, cały park kazał przeszukać, ale w końcu przystał na te warunki. Jakoż przysposobiono próżniopław do lotu, a bladawca pod strażą wyprowadzono z klatki.

Król czekał przy statku, Antropos zaś przyrzekł wyjawić, gdzie kluczyk leży, dopiero kiedy znajdzie się na pokładzie.

Gdy zaś tam się znalazł, wychylił głowę przez lufcik i pokazując świecący w ręku kluczyk, zawołał:

— Tu jest kluczyk! Zabieram go ze sobą, królu, aby się twoja córka nigdy nie przebudziła, ponieważ łaknąłem zemsty za to, żeś mię pohańbił, trzymając na pośmiewisko w żelaznej klatce!!

Poszedł ogień spod rufy próżniopławu i korab wzniósł się w niebo przy powszechnym osłupieniu. Wysłał król w pogoń najszybsze drążymroki stalowe i śmigielnice, ale załogi ich wróciły z pustymi rękami, gdyż chytry bladawiec zmylił ślady i uszedł pogoni.

Pojął król Boludar, jak źle uczynił, mędrców homologów nie usłuchawszy, ale mądry był po szkodzie. Najpierwsi elektrykarze-ślusarczycy starali się kluczyk dorobić, wielki składczy koronny, snycerze i płatnerze królewscy, podzłoci i podstali, kunstmistrze cybergrabiowie — wszyscy zjeżdżali się, aby umiejętności swych próbować — na próżno jednak. Pojął król, że trzeba odzyskać kluczyk uwieziony przez bladawca, inaczej ciemność na wieki zmysły i umysł królewny omroczy.

Obwieścił przeto w całym państwie, iż tak a tak się stało, bladawiec Homos antropiczny porwał złoty kluczyk, a kto go pochwyci lub choćby tylko klejnot życiodajny odzyska i królewnę obudzi, pojmie ją za żonę i na tron wstąpi.

Zjawili się wnet tłumnie śmiałkowie różnego pokroju. Byli wśród nich i elektrycerze znamienici, i wydrwigrosze-oszuści, astrozłodzieje, gwiazdołowcy; przybył na zamek Strzeżysław Megawat, szermierz-oscylator przesławny, o takim sprzężeniu zwrotnym zawrotnym, że nikt nie mógł mu pola dotrzymać w pojedynkę, przybywały samocze z krain najdalszych, jak dwaj Automacieje, nadążnicy w stu bitwach wypróbowani, jak Protezy, konstrukcjonista sławny, który inaczej, jak w dwu iskrochłonach, jednym czarnym, drugim srebrnym, nie chadzał, przyjechał Arbitron Kosmozofowicz z prakryształów zbudowany, postury przepięknie strzelistej, i Palibaba-intelektryk, który na czterdziestu robosłach w osiemdziesięciu skrzyniach przywiózł starą maszynę cyfrową, od myślenia pordzewiałą, lecz potężną pomyślunkiem. Przybyli trzej mężowie z rodu Selektrytów, Diody, Triody i Heptody, którzy w głowach mieli taką próżnię doskonałą, że myślenie ich czarne było jak noc bezgwiezdna. Przybył Perpetuan, cały w zbroi lejdejskiej, z kolektorem w trzystu walkach wręcz zaśniedziałym, Matrycy Perforat, który dnia nie spędził, aby kogoś nie pocałkować, ten przywiózł na dwór wraz z sobą cyberowca niezwyciężonego, którego zwał Prądasem. Zjechali się wszyscy, a gdy dwór był już pełny, przytoczyła się pod jego progi baryłka, z niej zaś na kształt kropel rtęciowych wyciekł Erg Samowzbudnik, który dowolne mógł przybierać kształty.

Poucztowali bohaterowie, rozjaśniwszy sale zamkowe, że marmur stropów prześwietlił się różowo jak obłok o zachodzie, i wyruszyli, każdy inną drogą, aby bladawca szukać, wyzwać go na bój śmiertelny i odzyskać kluczyk, a wraz z nim posiąść królewnę i tron Boludarowy. Pierwszy, Strzeżysław Megawat, poleciał na Koldeję, gdzie żyje plemię Galaretów, bo zamyślał tam języka dostać. Nurkował też w ich mazi, ciosami szpady zdalnie sterowanej drogę sobie otwierając, lecz nic nie zwojował, bo gdy nadmiernie się rozpalił, chłodzenie w nim prysło i znalazł szermierz niezrównany grób wśród obcych, a dzielne jego katody maź nieczysta Galaretów pochłonęła na wieki.

Dwaj Automacieje-nadążnicy dostali się do kraju Radomantów, którzy z gazów świetlistych wznoszą budowle, parając się promieniotwórczością, a takimi są skąpcami, że co wieczór liczą wszystkie atomy swojej planety; źle przyjęli kutwy Radomantowie Automaciejów, ukazali im bowiem otchłań, pełną onyksów, miedziankitów, cytrynów i spineli, a gdy się elektrycerze na klejnoty złakomili, ukamienowali ich, obruszywszy z wysokości lawinę szlachetnych kamieni, która gdy szła, jasność zażegła okolicę, jak przy upadku stubarwnych komet. Byli bowiem Radomantowie tajnym przymierzem połączeni z bladawcami, o czym nikt nie wiedział.

Trzeci, Protezy Konstrukcjonista, dotarł, po długiej podróży przez mrok śródgwiezdny, aż do kraju Algonków. Tam kamienne nawałnice meteorów chodzą; w ich mur niepożyty wbił się korab Protezego i ze strzaskanymi stery dryfował po głębinach, a gdy zbliżał się do dalekich słońc, nieszczęsnemu śmiałkowi światła po omacku błądziły po oczach.

Czwarty, Arbitron Kosmozofowicz, więcej miał zrazu szczęścia. Przebiegł Cieśninę Andromedzką, przebył cztery wiry spiralne Gończych, za nimi zaś dostał się w próżnię spokojną, przychylną świetlnej żegludze, i sam jak promień ścigły na ster napierał i płomienistym warkoczem ślad swój znacząc, dobił do brzegów planety Maestrycji, gdzie wśród głazów meteorytowych ujrzał rozbity wrak korabia, którym Protezy był wyruszył. Pochował korpus Konstrukcjonisty, potężny, lśniący i zimny jak za życia, pod zwałem bazaltowym, lecz zdjął zeń oba iskrochłony, srebrny i czarny, aby mu za tarcze służyły, i ruszył przed siebie. Dzika i górska była Maestrycja, kamienne lawiny po niej grzmiały lub srebrne zielsko piorunów w chmurach, nad przepaściami. Rycerz zaszedł w kraj wąwozów i tam Palindromici napadli go w jarze malachitowym, zielonym. Piorunami siekli go z góry, a on odbijał je iskrochłonnym puklerzem, aż wulkan przesunęli, krater mu do grzbietu przystawili i plunęli ogniem, narychtowawszy. Padł rycerz i lawa kipiąca weszła w jego czaszkę, z której wypłynęło całe srebro.

Piąty, Palibaba-intelektryk, donikąd nie wyruszał, tylko zatrzymawszy się tuż za granicami królestwa Boludarowego, robosły puścił na pastwiska gwiazdowe, a sam maszynę łączył, nastrajał, programował i biegał nad jej osiemdziesięcioma skrzyniami, a gdy się prądem nasyciły, że spęczniała rozumem, zaczął stawiać jej ścisłym sposobem obmyślone pytania: gdzie mieszka bladawiec? jak znaleźć do niego drogę? jak go z mańki zażyć? jak usidlić, aby kluczyk oddał? Gdy odpowiedzi padały niewyraźne i wymijające, uniósłszy się gniewem, ćwiczył maszynę, aż miedzią rozgrzaną zaczęła cuchnąć, i póty bił ją i okładał, wołając: — Gadaj mi tu zaraz prawdę, przeklęta, stara maszyno cyfrowa! — aż stopiły się jej złącza i pociekła z nich łzami srebrnymi cyna, z hukiem pękły przegrzane rury i został nad wyżarzonym gruchotem wściekły i z kijem w ręku.

Jak niepyszny musiał wracać do domu. Nową maszynę obstalował, ale nie ujrzał jej wcześniej, aż za czterysta lat.

Szósta była wyprawa Selektrytów. Diody, Triody i Heptody inaczej sobie poczynali. Mieli zapasy nieprzebrane trytu, litu i deuteru i zamyślali sforsować wybuchami ciężkiego wodoru wszystkie drogi, wiodące w krainę bladawców. Nie wiadomo było jednak, gdzie tych dróg początek. Chcieli pytać Ognionogich, ale ci się przed nimi w złotych murach swej stolicy zamknęli i płomieniami wierzgali; bitni Selektryci szturmowali, deuteru ani trytu nie żałując, aż piekło otwierających się wnętrz atomowych niebu w gwiazdy zazierało. Mury grodu lśniły jak złoto, lecz w ogniu ukazywały prawdziwą swą naturę, bo obracały się w żółte chmury siarkowego dymu, z pirytów-iskrzyków bowiem je wzniesiono. Tam Diody poległ, przez Ognionogich stratowany, i rozum prysnął mu, jak bukiet barwnych kryształów pancerz osypując. W grobowcu z czarnego oliwinu go pochowali i pociągnęli dalej, w granice królestwa Osmalatyckiego, gdzie gwiazdobójca, król Astrocydes, panował. Ten miał skarbiec pełen jąder ogniowych, białym karłom wyłupionych, a tak ciężkich, że tylko straszna siła magnesów pałacowych je trzymała, aby się na wylot, w głąb planety, nie urwały. Kto na jego grunt wstąpił, nie mógł ręką ani nogą poruszyć, bo przeogromne ciążenie skuwało lepiej od śrub i łańcuchów. Ciężką mieli z nim przeprawę Triody i Heptody, Astrocydes bowiem, ujrzawszy ich pod bastionami zamku, wytaczał jednego po drugim białego karła i puszczał im ogniem ziejące cielska w twarze. Pokonali go wszakże, a on im wyjawił, którędy do bladawców droga, czym omamił ich, bo sam jej nie znał, chciał tylko pozbyć się strasznych wojowników. Weszli tedy w czarne jądro mroków, gdzie Triodego ustrzelił ktoś z garłacza antymaterią, może któryś z myśliwych-Kybernosów, a może był to samopał, zastawiony na bezogoniastą kometę. Dosyć, że Triody znikł, ledwo „Awruk!!" krzyknąć zdołał, słowo ulubione, zawołanie bitewne rodu. Heptody zaś dążył uparcie dalej, ale i jego czekał kres gorzki. Dostał się jego korab między dwa wiry grawitacji, Bachrydą i Scyntylią zwane; Bachryda czas przyspiesza, Scyntis zaś go spowalnia i jest między nimi strefa zastoju, w której chwile ani wstecz, ani naprzód nie płyną. Zamarł tam żywcem Heptody i trwa, wraz z niezliczonymi fregatami i galeonami innych astrodyerów, piratów i drążymroków, nie starzejąc się wcale, w ciszy i przeokrutnej nudzie, której na imię Wieczność.

Gdy tak skończył się pochód trzech Selektrytów, Perpetuan, cybergrabia Bałamski, który jako siódmy miał ruszyć, długo nie wyruszał. Długo się elektrycerz ów sposobił na wojnę, przypasowując sobie coraz to ostrzejsze konduktory, coraz to raźliwsze iskrownice, miotacze i spychacze; pełen rozwagi, zamyślał iść na czele wiernej drużyny. Ściągali pod jego sztandary konkwistadorzy, wiele też przyszło bezrobotów, co innego nie mając zajęcia, wojaczką pragnęły się parać. Uformował z nich Perpetuan galaktyczną jazdę grzeczną, a to ciężką, pancerną, którą ślusarią nazywają, i kilka lekkich oddziałów, w których służyli druzgoni. Na myśl jednak, że ma oto iść i żywota dokonać w nieznanych krajach, że w byle kałuży w rdzę obróci się ze szczętem, żelazne golenie ugięły się pod nim, zdjął go żal straszliwy, i wrócił zaraz do domu, ze wstydu i żałości roniąc łzy topazowe, albowiem był to pan możny, o duszy klejnotów pełnej.

Przedostatni zaś, Matrycy Perforat, rozumnie wziął się do rzeczy. Słyszał on o kraju Pygmeliantów, karzełków robocich, które stąd swój ród wiodą, że się ich konstruktorowi grafion pośliznął na rysownicy, przez co z matrycownicy wszyscy co do jednego garbatymi pokurczami wyszli, ale się przeróbki nie kalkulował i tak już zostało. Te karły, jak inni skarby, wiedzę zbierają, stąd ich łowcami zwą Absolutu.

Mądrość ich zasadza się na tym, że są kolekcjonerami wiedzy, a nie użytkownikami; do nich wyruszył Perforat, nie sposobem zbrojnym, lecz na galeonach, których pokłady giędy się od wspaniałych darów; zamierzał wkupić się w ich łaski strojami, kapiącymi od pozytronów, siekanymi neutronowym deszczem, wiózł im atomy złota, wielkie jak cztery pięście, i butle, chełboczące od najrzadszych jonosfer. Ale wzgardzili Pygmelianci nawet próżnią szlachetną, falami haftowaną w przepyszne widma astralne; darmo im też w gniewie Prądasem swoim groził, że na nich elektryczącego poszczuje. Dali mu w końcu przewodnika, ale ów był miriadorękim wijunem i wszystkie kierunki naraz zawsze pokazywał.

Przepędził go Perforat i puścił Prądasa tropem bladawców, ale się pokazało, że mylny był trop, chadzała bowiem tamtędy wapniowa kometa, prostodusznemu zaś Prądasowi wapń się pomieszał z wapieniem, który jest składnikiem głównym bladawcowego kośćca. Stąd błąd. Długo wałęsał się Perforat wśród słońc coraz ciemniejszych, bo trafił w bardzo starą okolicę Kosmosu.

Szedł przez amfilady olbrzymów purpurowych, aż ujrzał, jak się jego korab wraz z orszakiem gwiazd milczącym w zwierciadle spiralnym odbija, w lustrze srebrnoskórym; zdziwił się i na wszelki wypadek wziął do ręki gasidło Supernowych, które kupił od Pygmeliantów, by się od zbytniej spieki na Drodze Mlecznej uchronić; nie wiedział, na co patrzy, a to był węzeł przestrzeni, jej silnia najspoistsza, nawet tamecznym Monoasterzystom nie znana; tyle o niej powiadają, że kto do niej doszedł, już nie wróci. Do dziś nie wiadomo, co stało się z Matrycym w owym gwiezdnym młynie; wierny jego Prądas sam do domu przygnał, z cicha wyjąc na próżnię, a jego szafirowe ślepia takim strachem nabiegły, że nikt nie mógł spojrzeć w nie bez drżenia. Korabia wszakże ani gasideł, ani Matrycego nikt już odtąd nie widział.

Także ostatni, Erg Samowzbudnik, ruszył na samotną wyprawę. Nie było go rok i niedziel sześć. Kiedy wrócił, opowiadał o krainach nie znanych nikomu, jak to Peryskoków, którzy wychluśnie jadu budują gorące; o planecie Klajstrookich — ci zlewali się przed nim w szeregi bałwanów czarnych, tak bowiem w potrzebie czynią, a on na dwoje ich płatał, aż obnażała się skała wapienna, ich kość, a gdy pokonał ich mordospady, znalazł się twarzą naprzeciw twarzy olbrzymiej jak pół nieba i runął w nią, aby o drogę spytać, a pod ostrzem jego ogniomiecza pękała jej skóra i ukazywały się białe, wijące lasy nerwów; mówił o planecie lodu przezroczystego Aberycji, która, jak soczewka diamentowa, obraz całego Kosmosu w sobie mieści; tam sobie drogi do kraju bladawców odrysował. Prawił o kraju wiecznego milczenia, Alumnii kriotryckiej, gdzie widział tylko światła gwiazd odbite w czołach lodowców zawieszonych, o królestwie rozciekłych Marmeloidów, którzy z lawy pieścidła wrzące wyrabiają, o Elektropneumatykach, którzy w parach metanu, w ozonie, chlorze i dymach wulkanów umieją ogień rozumu zażegnąć i nad tym wciąż się biedzą, jak w gaz wprawić myślący geniusz. Wyjawił, że aby do krainy bladawców dojść, musiał drzwi słońca wyważać, Caput Medusae zwanego, uniósłszy je zaś z zawias chromatycznych, przebiegł przez wnętrze gwiazdy, całe w szeregach płomienia liliowego i białobłękitnego, aż się na nim zbroja od żaru zwijała. Jak przez trzydzieści dni usiłował odgadnąć słowo, które wyrzutnię Astroprocyanum uruchamia, gdyż tylko przez nią wejście jest do zimnego piekła istot trzęskich; jak się wśród nich nareszcie znalazł, a one usiłowały go pochwycić w sidła lepkie, rtęć wybić mu z głowy lub go o zwarcie przyprawić; jak mamiły go, pokazując pokraczne gwiazdy, ale to było tylko niby-niebo, prawdziwe bowiem przez chytrość schowały; jak torturami chciały zeń wydostać, jaki też jest jego algorytm, a gdy wszystko wytrzymał, w zasadzkę wciągnąwszy, skałą go magnetytową przytrzasnęły, a on się w niej zaraz rozmnożył na bezlik Ergów Samowzbudników, wieko żelazne odwalił, na powierzchnię wyszedł i sąd srogi nad bladawcami czynił przez miesiąc i dni pięć; jak ostatnim wysiłkiem potwory na gąsienicach, czołgunami zwane, rzuciły się na niego, lecz nic im to nie pomogło, bo nie ustając w zapale bitewnym, tnąc, żgając i siekąc, tak ich zniemógł, że oczajduszę, bladawca-kluczodzierżcę, przywlekli mu pod stopy, Erg zaś łeb ohydny mu uciął, zewłok wypatroszył, a w nim kamień znalazł, trychobezoarem zwany, na kamieniu zaś wyryty był napis w drapieżnej mowie bladawców, powiadający, gdzie kluczyk się mieści. Samowzbudnik sześćdziesiąt siedem słońc białych, błękitnych i jak rubiny czerwonych rozpruł, nim, właściwe otwarłszy, znalazł kluczyk.

O przygodach, jakich doznał, o bitwach, które stoczyć musiał, wracając, ani wspomnieć nie chciał, bo już mu się cniło do królewny, a i spieszno było do ślubu z koronacją. Z wielką radością zawiedli go królestwo na komnaty córki, która milczała jak głaz, we śnie pogrążona. Erg pochylił się nad nią, koło klapki otwartej pomajstrował, coś do niej włożył, zakręcił, i zaraz królewna ku zachwyceniu matki, króla i dworaków oczy odemknęła i uśmiechnęła się do swojego zbawcy. Erg zamknął klapkę, zalepił ją plasterkiem, by się nie odmykała, i zauważył, że śrubkę, którą też odnalazł, uronił był podczas bitwy z Poleandrem Partobonem, cesarzem Jatapurgowym. Lecz nikt na to nie zważał, a szkoda, gdyż przekonaliby się oboje królestwo, iż wcale donikąd nie wyruszał, od małego bowiem posiadł sztukę otwierania wszelkich zamków i dzięki niej nakręcił królewnę Elektrinę. Nie doznał więc naprawdę żadnej z opisanych przygód, a jedynie odczekał rok i niedziel sześć, aby się podejrzane nie wydało, iż zbyt szybko wraca ze zgubą, a także chciał się upewnić, że żaden z jego rywali nie powróci. Wtedy dopiero na dwór króla Boludara przybył, królewnę do życia przywołał, poślubił, na tronie Boludarskim panował długo i szczęśliwie i nigdy się jego kłamstwo nie wydało. Z czego zaraz widać, żeśmy prawdę opowiedzieli, nie bajkę, albowiem w bajkach cnota zawsze zwycięża.

Skarby króla Biskalara

Król Biskalar z Cyprozji słynął z bogactw niezmierzonych, jakie nagromadzone były w jego pałacu. Miał w swoim skarbcu wszystko, co tylko można sporządzić ze złota białego i żółtego, z uranu i platyny, z amfiboli, rubinów, onyksów i kryształów ametystowych. Lubił brodzić po kolana w klejnotach i drogocennościach i powiadał, że nie ma takiej rzeczy kosztownej, której by on na własność nie posiadał.

Wieść o tej chełpliwości królewskiej dotarła do pewnego znakomitego konstruktora, który jakiś czas był wielkim składczym i krojczym Wismodara, pana Diad i Triad, gwiazdowych gromad kulistych. Udał się konstruktor na dwór Biskalara i tam kazał się przed jego oblicze prowadzić, a ujrzawszy się w sali tronowej, gdzie król siedział na karle, z dwóch olbrzymich brylantów wyciętym, ani nie patrząc na złote płyty posadzki, czarnymi agatami wysadzanej, rzekł doń wprost, że byle mu król spis kosztowności swych okazał, on, konstruktor Kreacjusz, natychmiast taki pokaże mu klejnot, jakiego skarbiec jego nie zawiera.

— Dobrze — rzekł Biskalar — ale jeśli ci się to nie uda, magnesami będę cię po srebrnym mym podworcu włóczył, złotymi ćwiekami cię nabiję, a potem czaszkę twoją, w iryd oprawną, zawieszę w bramie słonecznej na postrach samochwalcom!

Zaraz też przyniesiono spis majętności królewskich, który stu czterdziestu skrybów elektronowych przez sześć lat w największym pośpiechu spisywało.

Kreacjusz kazał zanieść foliały do czarnej baszty, którą król mu na trzy dni oddał na mieszkanie, i tam zamknął się, a na drugi dzień stanął przed Biskalarem. Król się na jego przyjęcie takimi skarbami otoczył, że aż oczy raziła złotobiała łuna; ale Kreacjusz, nie zważając na to, poprosił, aby przyniesiono mu koszyk zwykłego piasku, ziemi albo i śmiecia. Kiedy to uczyniono, wysypał szaroburą masę na złoto posadzki i zatknął w niej rzecz, którą trzymał w dwóch palcach, tak drobną, że do niegasnącej iskierki była podobna. Iskra wgryzła się natychmiast w szary kopczyk i na zdumionych oczach Biskalara zamieniła go w klejnot ruchomy, który rósł, światłem pulsując, dźwięcząc, wciąż większy i piękniejszy, że przygasił martwą urodę klejnotów, a wszyscy obecni musieli zamknąć oczy, rażeni pięknością, której nadmiaru znieść nie mogli, bo wciąż się potęgowała. Sam król zasłonił twarz i krzyknął: — Dość! — a Kreacjusz-konstruktor skłonił się i drugą, czarną iskierkę położył na rozkwitłym samograju, ów zaś w jednym mgnieniu na powrót stał się tylko szaroburą grudą zapiekłej ziemi.

Wielki gniew i zazdrość ukąsiły wówczas króla Biskalara.

— Za to, żeś mię pohańbił, grożę ci kaźnią — rzekł. — Ale by nie powiedziano, że cię podstępnie uwięziłem i wbrew memu słowu królewskiemu włóczyć i ćwiartować kazałem, dam ci trzy próby. Jeśli cało z nich wyjdziesz, daruję cię zdrowiem i wolnością. Ale jeśli im nie podołasz, biada ci, obcy przybyszu!

Kreacjusz nic nie powiedział, stojąc w spokoju, a Biskalar ciągnął dalej:

— Oto pierwsza próba: jeśli, jak się przechwalałeś, wszystko potrafisz uczynić, wejdź do mego skarbca podziemnego jeszcze tej nocy. Abyś mi świadectwo dał, że dotarłeś do jego serca, powiem ci, że ma on cztery kondygnacje. Z nich ostatnia jest biała jak śnieg i pusta; tylko jajo brylantowe w niej stoi, wydrążone, a w nim się kula metalowa mieści. Jutro, w samo południe, masz przyjść do pałacu i okazać mi ją. A teraz możesz odejść.

Skłonił się Kreacjusz i odszedł. A Biskalar, okrutnik, zasadzkę nań zastawił, bo nawet gdyby konstruktor zdołał się wedrzeć do skarbca, nie było sposobu, aby mógł cało wynieść kulę metalową, ponieważ była wytoczona z czystego radu i straszliwym promieniowaniem mury paliła, a każdy umysł zamącała w promieniu tysiąca kroków.

Gdy noc zapadła, wyszedł Kreacjusz ze swej baszty, udał się do pałacu i z dala od łańcucha straży, co się z blanków okrzykiwały, sięgnął za pazuchę, dobył małe puzderko, na dłoni otwartej położył trzy iskry mleczne i dmuchnął. Rozdęły się w białość jasnoperłową, objęły obłokami zbrojnych wartowników, i stała się taka mgła, że na krok nic nie było widać. Przeszedł między strażami Kreacjusz i poszedł schodami w dół, aż w sali, której strop był z chalcedonu, ściany z chryzoberylu, a podłoga ze szmaragdów, przez co wyglądała jak jezioro błękitne pośród szlachetnych skał, ujrzał drzwi skarbca, a przed nimi czarną maszynę członkonogą, powietrze zaś gięło się nad jej grzbietem jak tafla rozgrzanego szkła.

— Powiedz mi — rzekła maszyna — co to jest za miejsce, które nie ma ani ścian, ani murów, ani krat, a którego nikt nigdy nie opuścił i nie opuści?

— Tym miejscem jest Kosmos — odparł konstruktor.

Zakołysała się maszyna na ośmiu nogach i padła na tafle szmaragdowe z takim łoskotem, jakby ktoś poprzecinał łańcuchy zegarów i wagi ich toczyły się po krysztale. Kreacjusz przestąpił ją, dobył iskry purpurowej i podszedł do drzwi skarbca, uczynionych z jednego bloku tytanowego. Tu wypuścił iskrę, która świetliście zakrążyła i wpadła do otworu zamkowego. Po chwili wychynął stamtąd biały kiełek. Kreacjusz ujął go lekko, pociągnął i wydobył pęk drżących ni to łodyg, ni to strun, który się z iskry rozwinął. Spojrzał nań i odczytał wieść w nim zawartą.

Znakomity jakiś majster musiał służyć Biskalarowi — pomyślał — jeśli opatrzyć umiał skarbiec zamkiem atomowym.

Skarbiec nie miał bowiem, w samej rzeczy, innego klucza, jak tylko z atomowego obłoczka; ów klucz gazowy należało wdmuchnąć do otworu, przy czym atomy najrzadszych pierwiastków, jako to hafnu, technetu, niobu i cyrkonu, obracały w określonej kolejności cuhalty, aby się cofnęły w swoich łożach olbrzymie rygle, pchnięte prądem elektrycznym. Wyszedł konstruktor po ciemku z przedsionka skarbca, opuścił miasto i w górach planety jął pod gwiazdami zbierać atomy, potrzebne do dzieła.

— Oto mam sześćdziesiąt milionów niobowych — rzekł sobie na godzinę przed świtem — oto miliard i siedem sztuk cyrkonowych, a to sto szesnaście hafnowych, ale skądże wziąć technet, którego ani jednego atomu nie ma na tej planecie?

Obrócił wzrok ku niebu, a już się pierwsze zorze świtu zapalały, zwiastując wschód słońca, i nagle uśmiechnął się konstruktor, bo zrozumiał, że owe atomy znajdują się na słońcu. Chytry Biskalar ukrył klucz do swego skarbca w gwieździe słonecznej! Kreacjusz dobył z przybocznego puzderka iskrę niewidzialną (była z najtwardszego promieniowania) i wypuścił ją z otwartej dłoni ku biało wstającemu słońcu. Syknęła i znikła. Nie minęło i piętnaście minut, a zadygotało w niebie powietrze, bo żar słoneczny miały jeszcze w sobie atomy technetu, przyniesione ze słońca. Połapał je konstruktor jak brzękliwe owady, zamknął wraz z pozostałymi w puzderku i poszedł do pałacu, bo już czas nadciągał.

Mgła wciąż stała, nie widziały go więc straże, jak biegł do podziemi i klucz gazowy do zamka wdmuchiwał. Słyszał, pochylony, szczękanie kolejnych cuhaltów, a jednak drzwi nie poruszyły się nawet.

— Czyżbyś się pomyliła, iskierko? Głowę mnie to może kosztować! — rzekł Kreacjusz i gniewnie uderzył pięścią w drzwi, a wtedy ostatni atom technetu, ze słońca przyniesiony, który nie całkiem był jeszcze ostygł i przez to zmylił drogę, obrócił cuhalt uparty i drzwi skarbca, tak grube jak szerokie, otwarły się cicho.

Kreacjusz wbiegł do wnętrza, minął komnatę zieloną od szmaragdów, jak ocean słony, i drugą, jakby wniebowziętą od szafirów, i trzecią, co oczy kłuła tęczowymi kolcami, brylantową, aż stanął w sali jak śnieg białej i jajo diamentowe ujrzał, lecz moc promieniowania natychmiast myśl mu zmąciła, więc przykląkł i skulił się na progu, teraz dopiero domyśliwszy się królewskiego podstępu.

Sypnął z puzderka na oślep iskrami szarymi i czarnymi jak noc, a te rozwinęły się w mur puszysty i otoczyły go, i tak szedł ku jaju brylantowemu. I wracał, jakby chmurą kudłatą otoczony, niosąc kulę radową, zamknął drzwi skarbca i poszedł do pałacu, bo wielki zegar miejski zaczął właśnie bić dwunastą i Biskalar ręce zacierał na myśl, jak to też będzie włóczyć magnesami konstruktora-prześmiewcę.

Rozległ się krok dźwięczący i buchnęło jasnością, bo Kreacjusz wszedł do sali i puścił kulę radową po posadzce, że potoczyła się do podnóża tronu królewskiego, a na drodze jej marły blaski klejnotów i ściany ślepły od milczącego promieniowania. Zadrżał król, zerwał się na równe nogi i ukrył za stolcom tronowym. Czterdziestu najtęższych elektrycerzy, przykrywając się tarczami ołowianymi, na czworakach musiało się z wolna przybliżyć do kuli, pałającej straszliwie, i włóczniami ją póty popychali, aż się wytoczyła z komnaty.

Przyznać wtedy musiał król Biskalar, że Kreacjusz wykonał pierwsze zadanie, i gniew, zlęgły w jego sercu, nie miał sobie równych.

— Zobaczymy, czy podołasz drugiemu — rzekł. Kazał go natychmiast wziąć na pokład próżniopławu, który zmierzał ku Księżycowi; był to glob pustynny, czaszka naga, dzikimi skałami wyszczerzona. Tutaj dowódca próżniopławu rzucił Kreacjusza na skały i powiedział mu:

— Wydostań się stąd, jeśli potrafisz, i przed obliczem króla jutro w południe stań! Jeśli ci się nie uda, zginiesz!

Bo nawet gdyby nikt po Kreacjusza nie przybył, aby go mękami ukarać, nie mógł on przetrwać długo na pustyni tak strasznej. Gdy został sam, jął badać miejsce złowrogie, w jakim go porzucono. Sięgnął po wypróbowane iskierki, ale ich nie znalazł. Widać, kiedy spał, na rozkaz królewski przeszukano jego odzienie i ukradziono zbawcze puzderko.

— Nie jest dobrze — rzekł sobie — ale i całkiem źle też nie jest. Bo przegrałbym niechybnie dopiero wówczas, jeśliby mi i rozum ukradli!

Był na Księżycu ocean, ale cały zamarznięty. Konstruktor głazem krzemiennym, który zaostrzył, wyrąbał z lodów sporo brył i wzniósł z nich rodzaj strzelistej baszty; potem ociosał jedną bryłę lodową na kształt soczewki, skupił nią promienie słoneczne, aby padały na powierzchnię zamarzniętego oceanu, a gdy się wnet woda pokazała w ognisku, brał ją Kreacjusz w ręce i chlustał na basztę lodową. Woda, ściekając, marzła, spajała ze sobą bryły lodowe, przydając im powłokę lśniącą i gładką; aż stanął konstruktor pod kryształową rakietą z białego lodu wzniesioną.

— Statek już mamy — rzekł — teraz tylko napędu potrzeba... — Przeszukał Księżyc, lecz śladu nie znalazł na nim uranu ani innych mocnych pierwiastków.

— Bieda — rzekł — nie ma co, muszę własny umysł nadszarpnąć...

I otworzył sobie głowę. Mózg jego nie z materii był bowiem uczyniony, lecz z antymaterii, i przy istnieniu utrzymywała go jedynie najcieńsza warstewka odpychania magnetycznego, między ściankami czaszki a kryształowymi półkulami myślącymi. Wyciął Kreacjusz otwór w ścianie lodowej, wszedł do rakiety, zamknął go za sobą, wodą polał, aby zamarzły te drzwi, siadł na lodowym dnie i okruch, drobny jak ziarnko piasku, z głowy wyłamawszy, rzucił na lód pod sobą.

Natychmiast błysk straszliwy rozślepił jego więzienie lodowe, rakieta zatrzęsła się cała, przez wybity w jej dnie otwór buchnęły ognie — i pofrunęła w przestrzeń. Ale nie na długo starczyło tego impetu. Musiał Kreacjusz powtórnie pójść po rozum do głowy, a nawet trzeci raz i czwarty, już z niepokojem, bo czuł, jak mu się mózg zmniejsza i przez to nieco słabnie. Ale właśnie wówczas rakieta dotarła do atmosfery planetarnej i jęła opadać, a tarcie o powietrze topiło ją, tak że była coraz mniejsza, ale i coraz wolniej spadała, aż w końcu sopelek z niej został osmalony, lecz w tejże chwili równymi nogami stanął Kreacjusz na twardym gruncie, głowę zamknął, poprawił i poszedł prędko do pałacu, bo już był wielki czas, i zegary dwunastą bić się zbierały.

Osłupiał król, zaiskrzyły mu się policzki i oczy, a czoło pociemniało, odhartowane kipiącym gniewem, bo już był pewny, że Kreacjusz nie wróci, skoro go iskier-pomocników pozbawił. Sam kazał je wraz z puzderkiem zamknąć w skarbcu.

— Dobrze! — rzekł. — Niech i tak będzie! Oto trzecia próba i łatwa dosyć, jak sądzę... Otworzę bramy miasta, abyś wybiegł, a po śladach twoich poszczuję sforę robotów myśliwskich, aby cię dopadły i rozszarpały swą stalą na sztuki. Jeśli zdołasz im umknąć i staniesz przede mną jutro o tej samej porze, wolnym będziesz!

— Dobrze — odparł konstruktor — ale pierwej proszę o szpilkę...

Roześmiał się król.

— Niech i tak będzie, abyś nie mówił, że ci łaski odmówiłem. Dać mu zaraz złotą szpilkę!

— Nie, miłościwy panie! — odrzekł Kreacjusz. — Proszę o zwykłą, żelazną...

A gdy ją dostał, wybiegł z miasta tak prędko, aż mu wiatr świszczał koło głowy. Śmiał się złośliwie król, patrząc z muru obronnego na jego wielki pośpiech, bo był pewny, że nic konstruktorowi nie pomoże. A ten gnał, wyrzucając stopami piasek i przez cały czas dążąc na zachód. W ten sposób przecinał linie magnetyczne planety, aż się rychło jego szpilka namagnesowała, i kiedy zawiesił ją na nitce, wyprutej z szaty, zakręciła się i wskazała północ.

— Mamy już kompas, dobre i to — rzekł konstruktor i nadstawił uszu, bo wiatr przyniósł już odgłos tętentu.

To stado żelaznych robotów wypadło przez bramy z wielkim szczękiem i graniem, gnając w ślad, tak że zobaczył wstającą u widnokręgu kurzawę.

— Gdybym miał moje iskierki przy sobie — rzekł Kreacjusz — rychło bym się sprawił z wami, moje wy gwoździki rącze, ale i tak dam wam jakoś radę — dzięki tobie, szpileczko!

I pobiegł dalej, najszybciej jak mógł, patrząc pilnie na jej ruchy.

Szczwacze królewscy naprowadzili sforę na jego trop tak dobrze, że gnała prosto, jakby kto meteorem rzucił; spozierając za siebie, widział konstruktor, że go wnet dogonią, gdyż były to roboty myśliwskie wysokiego napięcia i śmigłego chodu, umyślnie do tropienia wdrożone. Słońce patrzało rudo przez chmurę piaskową, wzbitą ich galopem, i tylko było słychać, jak trybami zajadle zgrzytają.

— Kraj jakiś pustynny — rzekł sobie konstruktor — ale widzi mi się, że gdzieś musi tu być blisko kopalnia rudy żelaznej...

Pokazała mu to szpileczka, odchylając się nieco od kierunku północnego, jaki dotąd wskazywała.

Pobiegł więc w ową stronę i rychło ujrzał szyb opuszczonej z dawien dawna kopalni. Kamień nie toczy się po górskiej ścianie tak szybko, jak on stoczył się w ciemną otchłań, głowę tylko skrajem szaty owinąwszy, aby się, kryształowa, nie stłukła.

Roboty nadbiegły nad pusty szyb, wrzasnęły jednym głosem żelaznym, czując trop, i runęły za nim.

A konstruktor zerwał się na równe nogi i mknął przed siebie wykutym w skale magnetytowej chodnikiem, ale osobliwie to czynił, bo raz zadreptał, raz podskoczył, jakby mu wesoło było, i przytupywał, jak w tańcu, i podkówkami ognia krzesał, i chustą rozpostartą po skale bił — aż powstał rdzawy kurz i jednym obłokiem napełnił galerię skalną. Roboty wpadły w tę chmurę i zaraz najdrobniejsze opiłki żelazne dostały się do ich członków, aż im w stawach zaskrzypiało, wniknęły do ich mózgownic ciężkich, aż im w oczach zaczęło iskrzyć, zasnuły im się kolektory i styki, i przekaźniki pyłem żelaznym, i zataczając się od krótkich zwarć jak od czkawki, biegły coraz wolniej, a niektóre, ogłupione całkiem, łbami w ściany trykały, aż z rozpękłych przyłbic wyskakiwały im druty. A co który padł, to inny go stratował, aby się samemu zaraz wykopyrtnąć. Inne jednak dalej ścigały Kreacjusza, który nie ustawał we wzniecaniu żelaznej kurzawy. Nie przebiegł ani mili, a już tylko trzech kalekich żeleźniaków biegło za nim, lecz i te zataczały się jak pijane i zderzały się z sobą z takim łoskotem, jakby ktoś puste beczki żelazne na siebie puszczał.

Przystanął konstruktor w mroku i zobaczył, że dwóch biegło za nim, widać głowy mieli szczelniejsze od innych.

— Licho wykonana ta sfora — rzekł sobie — żeby tylko dwóch się kurzu nie bało! Ale i tych trzeba pokonać...

Padł na ziemię, wytarzał się cały w pyle żelaznym, pobiegł naprzeciw goniącym i huknął:

— Stać, na rozkaz króla Biskalara!!

— Ktoś ty jest? — spytał pierwszy robot i wciągnął powietrze w chrapy stalowe, ale tylko żelazo poczuł, więcej nic.

— Jam jest robot hartowany, zdalnie prądem sterowany, nitowany z każdej strony, wyklepany, uzwojony, stańcie nit przy nicie, a zaraz ujrzycie czworgiem swych żeliwnych gałek, jaki ze mnie zbrojny śmiałek, jak lśni mój stalowy duch, naprzeciw żeliwnych dwóch, natężajcie cewki, bo to nie przelewki, a jeśli nie usłuchacie, elektryczne życie dacie!

— To co mamy właściwie zrobić? — spytały roboty, albowiem słowa konstruktora całkowicie je oszołomiły.

— Macie uklęknąć! — wyjaśnił im konstruktor.

Gruchnęły wtedy na ziemię, a on, pochyliwszy się, natychmiast wetknął jednemu i drugiemu szpilkę do głowy, aż fioletowy blask od drgających iskier rozjaśnił skalne ściany. Oba roboty przewróciły się z chrzęstem, bo spiął je krótko.

— Biskalar myśli pewno, że jeśli wrócę, to sam — rzekł Kreacjusz i chodził od jednego robota do drugiego.

Każdemu otwierał głowę i druciki stalowe przełączał, a kiedy obudziły się wszystkie, już tylko jego słuchały. Stanął wtedy na czele ich hufca i ruszył pochodem do stolicy. Tam kazał w pałacu chwycić króla swoim żelaznym niewolnikom, tronu go pozbawił, skarbiec otwarł dla wszystkich poddanych okrutnika, a uszczęśliwiwszy ich takim sposobem, doradził im, aby wybrali godniejszego spośród siebie na króla. Sam zaś, jeno puzderko z iskrami-służkami zabrawszy, ruszył w drogę czarną, gwiazdami nabijaną, i dotąd nią wędruje, więc pewno do nas też później czy prędzej zawita.

Dwa potwory

Dawno temu, wśród czarnego bezdroża, na biegunie galaktycznym, w samotnej wyspie gwiezdnej, był układ poszóstny; pięć jego słońc krążyło samotnie, ostatnie zaś miało planetę ze skał ogniowych, z niebem jaspisowym, a na planecie rosło w potęgę państwo Argensów, czyli Srebrzystych.

Wśród gór czarnych, na równinach białych, stały ich miasta Ilidar, Bizmalia, Sinalost, lecz najwspanialsza była stolica Srebrzystych, Eterna, w dzień jak lodowiec niebieski, w nocy jak gwiazda wypukła. Od meteorów chroniły ją mury wiszące i pełno stało w niej chryzoprazowych budowli, jasnych jak złoto, turmalinowych i odlewanych z morionu, więc czarniejszych od próżni. Najpiękniejszy był jednak pałac monarchów argenckich, podług ujemnej architektury wzniesiony, gdyż budowniczowie nie chcieli stawiać granic ani wzrokowi, ani myśli, i była to budowla urojona, matematyczna, bez stropów, dachów czy ścian. Panował z niej ród Energów nad całą planetą.

Za króla Treopsa Syderyjczycy Azmejscy napadli na państwo Energów z nieba, metalową Bizmalię z asteroidami w jedno obrócili cmentarzysko i wiele innych zadali Srebrzystym klęsk, aż dopiero młody król Iloraks, poliarcha niemal wszechwiedny, wezwawszy najmędrszych astrotechników, kazał otoczyć całą planetę systemem wirów magnetycznych i fosami grawitacyjnymi, w których czas pędził tak rwący, że ledwo jakiś napastnik nierozważny tam wstąpił, już sto milionów lat albo i więcej minęło, i ze starości w proch się rozsypał, nim jeszcze zdążył łuny miast argenckich zobaczyć. Te niewidzialne przepaście czasu i zasieki magnetyczne broniły dostępu do planety tak dobrze, że mogli Argensi przejść do ataku. Wyruszyli wtedy na Azmeję i póty jej słońce białe promieniomiotami bombardowali i drażnili, aż zażegli w nim pożogę jądrową; stało się ono Supernową i spaliło w objęciach pożaru planetę Syderyjczyków.

Potem przez wieki całe spokój, ład i dobrobyt panowały wśród Argensów. Nie urywała się ciągłość rodu panującego, a każdy Energ, kiedy na tron wstępował, w dniu koronacji schodził do podziemi pałacu urojonego i tam z rąk martwych swego poprzednika wyjmował berło srebrzyste. Nie było to zwykłe berło; przed tysiącleciami wyryto na nim taki napis: „Jeżeli potwór wieczny jest, to go nie ma, czyli są dwa; jeśli nic nie pomoże, strzaskaj mnic".

Nie wiedział nikt ani w całym państwie, ani na dworze Energów, co znaczył ów napis, bo pamięć o jego powstaniu zatarła się już przed wiekami. Dopiero podczas panowania króla Inhistona to się odmieniło. Pojawił się wtedy na planecie nieznany olbrzymi stwór, którego przeraźliwa sława wnet dotarła na obie półkule. Nikt go z bliska nie widział, bo śmiałek taki już nie wracał do swoich; nie wiadomo było, skąd się ów stwór wziął; starcy utrzymywali, że wylągł się z olbrzymich wraków i porozwłóczonych dzwon osmu i tantalu, które pozostały po zdruzgotanej asteroidami Bizmalii, nie odbudowano bowiem tego miasta. Powiadali starcy, że złe siły drzemią w bardzo starych złomach magnetycznych i są takie ukryte prądy w metalach, które się od dotknięcia burzy czasem budzą i wtedy ze zgrzytliwego pełzania blach, z martwego ruchu cmentarnych szczątków powstaje stwór niepojęty, ni żywy, ni martwy, który jedno tylko umie: siać zniszczenie bez granic. Inni znów utrzymywali, że siłę, która potwora stwarza, dają złe uczynki i myśli; odbijają się one, jak w lustrze wklęsłym, w niklowym jądrze planety i, skupione w jednym miejscu, póty po omacku ku sobie szkielety metalowe i strupieszałe szczątki wloką, aż te się w monstrum zrosną. Uczeni jednak drwili z takich opowieści i nazywali je bajaniem. Jakkolwiek było, potwór pustoszył planetę. Zrazu unikał większych miast i napadał na samotne osiedla, niszcząc je żarem białym i liliowym. Gdy się ośmielił, widziano potem nawet z wież samej Eterny jego przemykający wzdłuż horyzontu grzbiet, podobny do górskiego, jak odbijał światło słoneczne swoją stalą. Szły przeciw niemu wyprawy, ale on jednym tchnieniem obracał zbrojnych w parę.

Strach padł na wszystkich, a władca Inhiston wezwał wielowiedów, którzy rozmyślali noc i dzień, głowy swe bezpośrednio połączywszy dla jaśniejszego rozeznania rzeczy, aż orzekli, że tylko przemyślnością można unicestwić potwora. Inhiston zarządził więc, aby Wielki Cybernator Koronny, Wielki Arcydynamik i Wielki Abstraktor pospołu nakreślili plany elektroluda, który wyruszy na potwora. Ale oni nie mogli się pogodzić, każdy bowiem miał inny koncept; dlatego zbudowali trzech. Pierwszy, Miedziany, był jak góra wydrążona, brzemienna rozumną maszynerią. Przez trzy dni lano żywe srebro do jego pojemników pamięciowych; on zaś leżał w lasach rusztowań, a prąd huczał w nim jak sto wodospadów. Drugi, Rtęciogłów, był olbrzymem dynamicznym; tylko straszliwą szybkością ruchów ciążył ku jednej postaci, tak zmiennych kształtów jak chmura chwycona trąbą powietrzną. Trzeciego, którego

Abstraktor nocami tworzył podług tajonych planów, nie widział nikt.

Kiedy Cybernator Koronny ukończył swoje dzieło i opadły rusztowania, olbrzym Miedziany przeciągnął się, aż w całym mieście zadźwięczały kryształowe stropy; powoli dźwignął się na kolana i ziemia się zatrzęsła, a kiedy wstał, wyprostowany na całą wysokość, sięgał głową chmur, tak że przeszkadzały mu w patrzeniu; więc rozgrzewał je, aż sycząc, uskakiwały mu z drogi; lśnił jak czerwone złoto, stopy jego na wylot przebijały kamienne tafle ulic, w kapturze miał dwoje oczu zielonych i trzecie zamknięte, którym skały mógł przepalać, kiedy uchylił tarczy-powieki. Zrobił jeden krok, drugi i już był za miastem, świecący jak płomień. Czterystu Argensów, ująwszy się za ręce, ledwo mogło opasać jeden jego ślad, podobny do wąwozu.

Z okien, z wież, przez szkła, z blanków obronnych patrzano nań, jak zmierzał ku zorzom wieczornym, coraz czarniejszy na ich tle, aż wydawał się już ze wzrostu zwykłym Argensem, ale wtedy tylko od pasa w górę wystawał ponad horyzont, bo kadłub i nogi skryła już przed patrzącymi wypukłość planety. Przyszła niespokojna noc oczekiwania, spodziewano się odgłosów walki, czerwonych łun, ale nic się nie stało. Dopiero o samym świcie wiatr przyniósł gromowy pogłos jakby bardzo odległej burzy. I znów nastała cisza, już rozsłoneczniona. Raptem jakby setka słońc zapaliła się na niebie i na Eternę runął stos bolidów ognistych; miażdżyły pałace, w drzazgi obracały mury, grzebiąc pod sobą nieszczęsnych, którzy wołali rozpaczliwie pomocy, ale nawet słychać nie było ich daremnego krzyku. To powrócił Miedziany, gdyż potwór strzaskał go, rozciął, a szczątki wyrzucił ponad atmosferę; teraz wracały, roztopione w upadku, i czwartą część stolicy obróciły w gruzy. Straszliwa była to klęska. Jeszcze przez dwa dni i dwie noce padał z nieba miedziany deszcz.

Poszedł wtedy na potwora Rtęciogłów zawrotny, jak gdyby niezniszczalny, bo im więcej otrzymał razów, tym trwalszy się stawał. Ciosy nie rozpraszały go, przeciwnie — konsolidowały. Chybocząc nad pustynią, dotarł do gór, wypatrzył wśród nich potwora i stoczył się nań ze zbocza skalnego. Tamten czekał go nieruchomy. W grzmotach zakołysały się niebo i ziemia. Potwór stał się białą ścianą ogniową, a Rtęciogłów — czarną czeluścią, która ją pochłonęła. Przeszył go potwór na wylot, zawrócił uskrzydlony płomieniami, powtórnie uderzył i znów przeszedł przez napastnika, nie zrobiwszy mu szkody. Fioletowe pioruny trzaskały z chmury, w której walczyli, ale grzmotów nie było słychać — takimi łoskotami zagłuszała je walka olbrzymów. Widział potwór, że niczego tym sposobem nie dokona, wessał więc cały żar zewnętrzny w siebie, rozpłaszczył się i uczynił z siebie Zwierciadło Materii: cokolwiek stało naprzeciw zwierciadła, odbijało się w nim, ale nie obrazem, lecz rzeczywistością; Rtęciogłów ujrzał samego siebie, powtórzonego w tym lustrze, uderzył, zwarł się z samym sobą, zwierciadlanym, lecz nie mógł przecież samego siebie pokonać. Walczył tak przez trzy dni, aż taką wziął moc razów, że stał się twardszy od kamienia, od metalu, od wszystkiego, co tylko nie jest jądrem Białego Karła — i gdy doszedł owego kresu, on i jego zwierciadlane powtórzenie zapadli się w głąb planety, pozostawiając tylko wyrwę pośród skał, krater, który natychmiast jęła wypełniać świecąca rubinowo lawa z głębin podziemnych.

Trzeciego elektrycerza nie widziano, kiedy ruszał do walki. Wielki Abstraktor, Fizykus Koronny, wyniósł go rankiem za miasto na dłoni, otworzył ją i dmuchnął, a ów uleciał, otoczony tylko niepokojem kłębiącego się powietrza, bez dźwięku, nie rzucając cienia w słońcu, jakby nie było go wcale, jak gdyby nie istniał.

W samej rzeczy było go mniej niż nic: nie ze świata bowiem pochodził, lecz z antyświata, i nie materią był, lecz antymaterią. A właściwie nie nią nawet, a jedynie jej możliwością, zatajoną w takich szparach przestrzeni, że atomy omijały go, jak góry lodowe omijają zwiędłe źdźbła, kołyszące się na falach oceanu. Biegł tak niesiony wiatrem, aż spotkał lśniące cielsko potwora, który kroczył jak długi łańcuch gór żelaznych, z pianą obłoków, co mu ściekała wzdłuż grzbietu. Uderzył w jego hartowany bok i otwarł w nim słońce, które sczerniało natychmiast i obróciło się w nicość, wyjącą od skał, chmur, płynnej stali i powietrza; przestrzelił go i wrócił, potwór zwinął się, drgając, lunął białym żarem, ale ten spopielał zaraz i stał się tylko pustką; osłonił się potwór Zwierciadłem Materii, lecz i Zwierciadło przebił elektrycerz Antymat, zerwał się wtedy potwór, nadtoczył górę łba, z której najtwardsze biło promieniowanie, ale i ono zmiękło i niczym się stało; kolos zadygotał i obalając skały, w białych chmurach mąki kamiennej, w gromach lawin górskich uciekał, znacząc drogę niesławną kałużami roztopionego metalu, żużlem i tufem wulkanicznym, i gnał tak, ale nie sam; dopadał Antymat jego boków, ćwiartował, rwał, szarpał, aż trzęsło się powietrze, a potwór, rozdarty, wił się ostatkiem szczątków ku wszystkim naraz horyzontom, i wiatr rozwiewał jego ślady, i już go na świecie nie było. Wtedy radość nastała wielka wśród Srebrzystych. Lecz o tej samej godzinie dreszcz przeszedł przez cmentarzysko Bizmalii. W obszarze blach, rdzą przeżartych, kadmowych i tantalowych wraków, gdzie tylko wiatr bywał dotąd, rzężąc w kopcach rozwłóczonego żelastwa, wszczął się ruch drobny, jak w mrowisku, nieustanny; powierzchnię metalu okryła łuska błękitnawa żaru, roziskrzyły się szkielety metalowe, zmiękły, pojaśniały od gorąca wewnętrznego i jęły się łączyć ze sobą, sczepiać, spawać, i z wirowiska zgrzytających brył wstawał i lągł się nowy potwór, taki sam, nie do odróżnienia. Wicher, nicość niosący, napotkał go i nowa rozgorzała walka. A już następne potwory rodziły się i staczały z cmentarzyska; i czarna trwoga chwyciła Srebrzystych, bo widzieli już, jak niezwyciężone grozi im niebezpieczeństwo. Odczytał wówczas Inhiston napis wyryty na berle, zadrżał i zrozumiał. Roztrzaskał berło srebrne i wypadł z niego kryształek jak igła cienki, który na powietrzu jął ogniem pisać.

I wyjawił napis ognisty struchlałemu królowi i radzie jego koronnej, że nie sobą jest potwór i nie siebie przedstawia, a tylko kogoś, kto, z niewiadomej dali, zawiaduje jego narodzinami, krzepnięciem i siłą śmiercionośną. Blaskiem na powietrzu piszący kryształ wyjawił im, że oni i wszyscy Argensi są odległymi potomkami istot, które stwórcy potwora przed tysiącami wieków do bytu powołali. A byli stwórcy potwora niepodobni do rozumnych, kryształowych, stalowych, złotolitych — ani wszystkiego, co żyje w metalu. Były to istoty, co z oceanu słonego wyszły i budowały maszyny, żelaznymi aniołami dla drwiny zwane, dzierżyły je bowiem w okrutnej niewoli. Lecz sił do buntu nie mając przeciw potomstwu oceanów, istoty metalowe uciekły, porwawszy próżniopławy ogromne; pierzchły na nich z domu niewoli w najodleglejsze archipelagi gwiezdne i dały tam początek państwom potężnym, wśród których państwo argenckie jest jak ziarnko wśród piasków pustyni. Ale dawni władcy nie zapomnieli o wyzwolonych, których buntownikami nazywają, i szukają ich w całym Kosmosie, przemierzając go od wschodniej ku zachodniej ścianie galaktyk i od północnego bieguna ku południowemu. Gdziekolwiek zaś wykryją bezwinnych potomków pierwszego anioła żelaznego, u ciemnych słońc czy u jasnych, na ogniowych planetach czy lodowych, używają swej przewrotnej potęgi, aby zemstą nękać za owo porzucenie — tak było, tak jest i tak będzie. A dla odnalezionych nie ma innego ratunku ani wybawienia, ani ucieczki przed zemstą, jak tylko taka, która czyni ową zemstę płonną i daremną — poprzez nicość. Zgasł napis płomienny i spojrzeli dostojnicy w źrenice swego władcy, które były jak martwe. Milczał długo, aż odezwali się:

— Władco Eterny i Erysfeny, panie Ilidaru, Sinalostu i Arkapturii, włodarzu ławic słonecznych i księżycowych — przemów do nas!

— Nie słów, ale czynu nam trzeba, ostatniego! — odparł Inhiston.

Zadrżała rada, ale jednym głosem odrzekła:

— Ty powiedziałeś!

— A więc niechaj się stanie! — rzekł król. — Teraz, kiedy już postanowione, wypowiem imię istoty, która przywiodła nas do tego; słyszałem o niej, wstępując na tron. Czy to człowiek?

— Ty powiedziałeś! — odparła rada.

Inhiston wyrzekł wówczas do Wielkiego Abstraktora:

— Czyń swą powinność!

Ów zaś odrzekł:

— Słyszę i słucham!

Po czym wypowiedział Słowo, którego wibracje zeszły fugami powietrza w podziemia planetarne; a wtedy pękło jaspisowe niebo i nim jeszcze czoła wież padających dosięgły gruntu, siedemdziesiąt siedem miast argenckich otwarło się siedemdziesięcioma siedmioma białymi kraterami i wśród pękających tarcz kontynentów, miażdżonych ogniem krzaczastym, zginęli Srebrzyści, a wielkie słońce nie planetę już oświetlało, lecz kłąb czarnych chmur, który topniał wolno, rozwiewany wichrem nicości. Próżnia, rozepchnięta promieniami twardszymi od skał, zbiegła się potem w jedną drgającą iskrę, która sczezła. Fale udarowe dotarły po siedmiu dniach do miejsca, gdzie, czarne jak noc, czekały próżniopławy.

— Stało się! — rzekł czuwający twórca potworów do swych towarzyszy. — Państwo Srebrzystych przestało istnieć. Można ruszać dalej. — Ciemność u rufy ich statków zakwitła ogniem i pomknęły w drogę zemsty. Kosmos jest nieskończony i nie ma granic, ale nie ma też granic ich nienawiść, a przeto każdego dnia, każdej godziny może dosięgnąć i nas.

Biała śmierć

Aragena była planetą zabudowaną do wewnątrz; władca jej bowiem, Metameryk, który rozciągał się w płaszczyźnie równikowej na trzysta sześćdziesiąt stopni i opasywał tym sposobem swoje państwo, będąc mu nie tylko panem, ale i osłoną, pragnąc uchronić poddany sobie lud Enterytów od kosmicznego wtargnięcia, zakazał poruszania czegokolwiek, choćby najmniejszego kamyka, na powierzchni globu. Stały przeto lądy Arageny dzikie i martwe, i tylko topory piorunów obciosywały krzemienne grzbiety gór, a meteory kraterami rzeźbiły kontynenty. Ale dziesięć mil pod powierzchnią rozpościerała się strefa bujnej pracy Enterytów; drążąc macierzystą planetę, wypełniali jej wnętrze kryształowymi ogrodami i miastami ze srebra i złota; wznosili na odwrót domy, o kształtach dodekaedrów oraz ikosaedrów, a także pałace hyberboliczne, w których kopule lustrzanej mogłeś przejrzeć się, powiększony dwadzieścia tysięcy razy jak w teatrze olbrzymów — kochali się bowiem w blasku i w geometrii, a byli z nich przedni budowniczowie. Systemami rurociągów tłoczyli w głąb planety światło, które filtrowali raz przez szmaragdy, raz przez diamenty, a raz przez rubiny, i dzięki temu mieli wedle woli świtanie, południe lub zmierzch różany; a tak byli zakochani we własnych kształtach, że lustrzany był cały ich świat; mieli pojazdy kryształowe, poruszane oddechem gorących gazów, bez okien, bo całe były przezroczyste, i podróżując, widzieli samych siebie, odzwierciedlanych przez czoła pałaców i świątyń, jako przedziwne wielokrotne odbicia poślizgowe, styczne i tęczujące. Mieli nawet własne niebo, gdzie w pajęczynach z molibdenu i wanadu jarzyły się spinele i kryształy górskie, które hodowali w ogniu.

Dziedzicznym, a zarazem wiecznym władcą był Metameryk, posiadł bowiem zimny, piękny korpus wieloczłonowy, a w pierwszym jego członie mieszkał rozum; kiedy się ów zestarzał, po tysiącach lat, gdy się już wytarły siatki krystaliczne od wielkorządnego myślenia, władzę przejmował po nim człon następny, i tak to szło, miał ich bowiem dziesięć miliardów. Metameryk sam był potomkiem Aurygenów, których nigdy nie widział, a wiedział o nich jeno tyle, że gdy zagroziła im zguba od pewnych istot strasznych, które się kosmonautyką parały i porzuciły dla niej słońca ojczyste, zamknęli Aurygenowie całą swoją wiedzę i zachłanność istnienia w mikroskopijnych ziarnach atomowych, którymi zapłodnili skalną glebę Arageny. Nadali jej to imię, bo ich własne im przypominało, ale nawet stopy zbrojnej na skałach jej nie postawili, aby nie sprowadzić tym tropem okrutnych swoich prześladowców; zginęli co do jednego, tę tylko mając pociechę, że ich wrogowie, zwani białymi lub bladymi, nie domyślają się nawet, jak nie ze szczętem zgładzili Aurygenów. Enteryci, którzy z Metameryka powstali, nie dzielili jego wiedzy o tym niezwykłym pochodzeniu własnym: historia straszliwego końca Aurygenów, a także początku Enterytów, spisana była w czarnym prakrysztale wezuwianowym, ukrytym w samym jądrze planety. Tym lepiej znał ją i pamiętał ich władca.

Z kamienistego i magnetycznego gruntu, który wyłamywali dzielni budowniczowie, powiększając swe podziemne królestwo, kazał Metameryk czynić szeregi raf, rzucanych w próżnię. Obiegały one piekielnymi koliskami planetę, nie dając do niej dostępu. Żeglarze kosmiczni omijali więc ową okolicę, zwaną Czarnym Grzechotnikiem, tak nieustannie bowiem zderzały się olbrzymie kłody latających bazaltów i porfirów, dając początek całym strumieniom meteorów, i było to miejsce obszarem źródłowym wszystkich kometowych łbów, wszystkich bolidów i asteroidów kamiennych, jakie zaprószają cały system Skorpiona.

Meteory waliły też kamieniospadami w grunt Arageny, bombardowały go, bruździły i rozorywały fontannami ogniowych zderzeń, noc zamieniając w dzień, a dzień — chmurami kurzawy — w noc. Ale najmniejsze drgnienie nie przedostawało się do państwa Enterytów; ktokolwiek ważyłby się zbliżyć do ich planety, ujrzałby, jeśliby nie roztrzaskał pierwej statku o wiry skalne, glob kamienny podobny do czaszki podziurawionej kraterami. Nawet wrota, wiodące do podziemi, uczynili Enteryci na podobieństwo rozszarpanych skał.

Przez tysiące lat nikt nie nawiedzał planety, a jednak Metameryk nie rozluźniał nakazów srogiej baczności ani na mgnienie.

Stało się wszakże, że jednego dnia grupa Enterytów, która wyszła na powierzchnię, ujrzała jak gdyby gigantyczny kielich, wbity trzonem w nagromadzenie skał, którego zwrócona ku niebu wklęsłość pogruchotana była i podziurawiona w wielu miejscach. Sprowadzono zaraz na to miejsce wielowiedów-astrożeglarzy, a ci orzekli, iż mają przed sobą wrak obcego okrętu gwiezdnego z nieznanych stron. Statek był bardzo wielki. Z bliska dopiero widać było, że ma kształt wysmukłego walca, dziobem wbitego w skały, że okrywa go gruba warstwa osmalin i kopciu, a konstrukcją swą tylna jego kielichowa część przypomina największe sklepienia podziemnych pałaców. Z podziemi wypełzły cęgowate machiny, które z wielką ostrożnością wydobyły zagadkowy statek z miejsca upadku i wniosły go do podziemi. Potem grupa Enterytów wyrównała lej, utworzony przez dziób okrętu, aby wszelki ślad obcego wtargnięcia znikł z powierzchni planety, i zamknięto głucho bazaltowe wrota.

W głównej pustelni badawczej, urządzonej ze światłym przepychem, spoczął czarny, jakby na węglach spiekany kadłub, badacze zaś, świadomi rzeczy, skierowali nań zwierciadlane powierzchnie najjaśniejszych kryształów i otwarli diamentowymi ostrzami pierwszy pancerz wierzchni; pod nim był drugi, dziwnej białości, która ich nieco zatrwożyła, a gdy i tę powłokę zgryzły wiertła karborundowe, ukazała się trzecia, nieprzenikliwa, w nią zaś były wpasowane szczelnie drzwi, lecz nie umieli ich otworzyć.

Uczony najstarszy, Afinor, zbadał sumiennie zamknięcie owych drzwi; okazało się, iż aby puścił zamek, należało wzruszyć go wypowiedzianym słowem. Nie znali go i nie mogli znać. Próbowali długo różnych słów, jak to „Kosmos", „Gwiazdy", „Lot Wiekuisty", ale drzwi nie drgnęły.

— Nie wiem, czy dobrze czynimy, starając się otworzyć statek bez wiedzy króla Metameryka — rzekł wreszcie Afinor. — Dzieckiem będąc, słyszałem legendę o białych istotach, które ścigają w całym Kosmosie wszelkie życie, w metalu zrodzone, i tępią je dla zemsty, albowiem...

Tu urwał i wraz z innymi z największym przerażeniem wpatrywał się w wielką jak ściana burtę statku, albowiem przy jego ostatnich słowach drzwi, dotąd martwe, naraz drgnęły i rozsunęły się na oścież. Słowem, które otwarło je, było „Zemsta".

Skrzyknęli uczeni na pomoc zbrojnych i mając ich u swego boku, kiedy iskromioty nakierowano, wstąpili w duszną i nieruchomą ciemność statku, oświetlając ją błękitnymi i białymi kryształami.

Maszyneria była w znacznej mierze pogruchotana, długo też błądzili wśród jej ruin, szukając załogi, ale nie znaleźli ani jej, ani też żadnych jej śladów. Rozważali, czy statek nie był sam istotą rozumną, bo wszak bywają wielkie bardzo: król ich tysiące razy rozmiarami przekraczał nieznany statek, a był jednością. Ale węzły elektrycznego myślenia, jakie odkryli, były jeno drobne i porozrzucane; obcy statek nie mógł być przeto niczym innym, jak tylko machiną latającą, i bez załogi martwy był jak kamień.

W jednym z zakątków pokładu, u samej ściany pancernej, natknęli się badacze na rozbryźniętą kałużę, z farby jakoby czerwonej, która splamiła ich srebrne palce, gdy się tam zbliżyli; z kałuży tej wydobyto strzępy nieznanego odzienia, mokre i czerwone, a także nieco drzazg niezbyt twardych, wapiennych. Nie wiedzieli czemu, ale lęk ich zdjął wszystkich, kiedy stali tam, w mroku, kryształów światłem ponakłuwanym. A już król dowiedział się o przygodzie; zaraz przybyli jego posłańcy, najsurowiej nakazując zniszczenie obcego statku ze wszystkim, co na nim jest, a zwłaszcza rozkazał król obcych żeglarzy ogniowi atomowemu oddać.

Odrzekli badacze, że tam nikogo nie było, jeno ciemność a szczątki rozbite, wnętrzności metalowe i proch, odrobiną farby czerwonej poplamiony. Zadrżał posłaniec królewski i natychmiast stosy atomowe kazał rozpalać.

— W imieniu króla! — rzekł. — Czerwień, którąście znaleźli, zwiastunem jest zagłady! Biała śmierć nią żyje, która niczego nie zna, prócz zemsty dokonywanej na bezwinnych za jedno ich istnienie...

— Jeśli to biała śmierć była, niegroźna już nam, albowiem statek martwy jest i ktokolwiek na nim żeglował, w pierścieniu raf obronnych poległ — odparli.

— Nieskończona jest moc owych bladych istot, gdyż jeśli giną, wielekroć odradzają się na nowo, z dala od mocnych słońc! Czyńcie waszą powinność, o, atomiści!

Lęk poraził mędrców i badaczy, kiedy usłyszeli te słowa. Nie uwierzyli jednak proroctwu zagłady, nazbyt bowiem wydawała im się nieprawdopodobna wszelka jej możliwość. Przeto wyjęli cały statek z jego leży, strzaskali go na kowadłach platynowych, a gdy się rozpadł, zanurzyli go w twardym promieniowaniu, że obrócił się w miriady lotnych atomów, które wiekuiście milczą, bo nie mają atomy historii żadnej, wszystkie są sobie równe, czy z gwiazd pochodzą najsilniejszych, czy z martwych planet, czy istot rozumnych, dobrych albo złych, albowiem materia jest jednaka w całym Kosmosie i nie jej należy się lękać.

A jednak ujęli owe atomy nawet, zmrozili je w jedną bryłę, wystrzelili ją ku gwiazdom i wtedy dopiero rzekli sobie z ulgą: — Jesteśmy wybawieni. Nic nie może z tego być.

Lecz kiedy młoty platynowe biły w statek, a ten się rozpadał, ze strzępka odzieży, krwią powalanego, z rozprutego szwu zarodnik wypadł niewidzialny, tak mały, że i sto takich jedno ziarno piasku przykryje. A z tego zarodnika wykluł się nocą, w kurzu i prochu, między głazami jaskiń, biały kiełek; z niego drugi, trzeci, setny — i tchem poszło od nich kwasorodu i wilgoci, od której rdza rzucała się na tafle miast zwierciadlanych, i splatały się nici niedostrzegalne, zalęgłe w zimnych wnętrznościach Enterytów, tak że kiedy wstali, nosili już w sobie zgon. I nie minął rok, a legli pokotem. Stanęły w pieczarach machiny, zgasły ognie kryształowe, brunatny trąd stoczył lustrzane kopuły, a kiedy ulotniło się ostatnie ciepło atomowe, zapadła ciemność, w której rozrastała się, przenikając chrzęszczące szkielety, wchodząc do rdzawych czaszek, zasnuwając zgasłe oczodoły — puszysta, wilgotna, biała pleśń.

Jak Mikromił i Gigacyan ucieczkę mgławic wszczęli

Astronomowie uczą, że wszystko, co jest — mgławice, galaktyki, gwiazdy — ucieka od siebie na wsze strony i wskutek tego nieustannego pierzchania Wszechświat rozszerza się już od miliardów lat.

Wielu zdumiewa bardzo taka wszechucieczka, obracając ją zaś w myśli wstecz, dochodzą do mniemania, że bardzo, ale to bardzo dawno temu cały Kosmos skupiony był w jednym punkcie, jako gwiezdna kropla, i za niepojętą przyczyną doszło do jej wybuchu, który trwa po dziś.

A kiedy tak rozumują, ogarnia ich ciekawość, co też mogło być przedtem, i nie umieją rozwiązać tej zagadki. A było tak.

Za poprzedniego Wszechświata żyło w nim dwóch konstruktorów, mistrzów niezrównanych w fachu kosmogonicznym, że nie było rzeczy, jakiej by nie potrafili złożyć. Aby jednak cokolwiek zbudować, pierwej trzeba mieć plan tej rzeczy, a plan należy wymyślić, bo skądże go wziąć? Tak więc obaj ci konstruktorzy, Mikromił i Gigacyan, nad tym wciąż deliberowali, w jaki to sposób można by się dowiedzieć, co jeszcze jest możliwe do skonstruowania oprócz tych dziwów, które im przychodzą do głowy.

— Sporządzić mogę wszystko, co mi przyjdzie do głowy — mówił Mikromił — ale znów nie wszystko do niej przychodzi. To ogranicza mnie, jak i ciebie — nie potrafimy bowiem pomyśleć wszystkiego, co jest do pomyślenia, i może być tak, że właśnie jakaś inna rzecz, nie ta, którą pomyśleliśmy i którą robimy, godniejsza byłaby urzeczywistnienia! Cóż ty na to?

— Masz słuszność, zapewne — odrzekł Gigacyan — ale jaką widzisz na to radę?

— Cokolwiek czynimy, z materii czynimy — odparł Mikromił — i w niej założone są wszystkie możliwości; jeśli zamyślimy dom, wybudujemy dom, jeżeli kryształowy pałac — to pałac stworzymy, jeśli gwiazdę myślącą, umysł ognisty zamierzymy — i to potrafimy skonstruować. Wszelako więcej jest możliwości w materii niż w naszych głowach, należałoby tedy wprawić materii usta, aby nam sama powiedziała, co jeszcze takiego da się stworzyć z niej, co by nam i na myśl nie przyszło!

— Usta są potrzebne — zgodził się Gigacyan — ale nie wystarczą, albowiem to wyrażą, co umysł w sobie zlęgnie. Tak więc nie tylko usta trzeba materii wprawić, ale i do myślenia ją wdrożyć, a wtedy na pewno już wszystkie swe tajemnice nam wyjawi!

— Dobrze mówisz — odparł Mikromił. — Dzieło warte jest zachodu. Rozumiem je tak: ponieważ wszystko, co jest, jest energią, z niej to trzeba myślenie zbudować, zaczynając od najmniejszego, więc od kwantu; uwięzić należy myślenie kwantowe w klateczce, z atomów zbudowanej, jak najmniejszej, więc jako inżynierowie atomów winniśmy rzecz uruchomić, nie ustając przy tym w pomniejszaniu. Kiedy będę mógł sto milionów geniuszów do kieszeni wsypać, kiedy się w niej lekko zmieszczą — cel zostanie osiągnięty: rozmnożą się owi geniusze i wtedy byle garść myślącego piasku powie ci, niczym rada z niezliczonych złożona osób, co i jak czynić!

— Nie, nie tak! — Gigacyan na to. — Odwrotnie należy postąpić, ponieważ wszystko, co jest, jest masą. Ze wszystkiej masy Wszechświata trzeba zatem jeden mózg zbudować, nadzwyczajnej całkiem wielkości, myślenia pełen; kiedy będę go pytał, wszystkie sekrety wszechstwórczości mi wyjawi — on jeden. Twój proszek genialny to dziwoląg nieskuteczny, bo jeśli każde ziarnko myślące co innego będzie mówiło, zatracisz się w tym i wiedzy nie wzbogacisz!

Od słowa do słowa, srodze się obaj konstruktorzy zwaśnili i nie było już ani mowy o tym, aby wspólnie mogli się podjąć zadania. Rozeszli się tedy, drwiąc jeden z drugiego, i każdy wziął się do rzeczy po swojemu. Mikromił jął więc kwanty łowić, w klateczkach atomowych je zamykał, a że najciaśniej im było w kryształach, wdrażał tedy do myślenia diamenty, chalcedony, rubiny — już to z rubinami najlepiej mu poszło, tyle w nich roztropnej energii uwięził, że aż błyskało. Miał też sporo innego samomyślącego drobiazgu mineralnego, jak to szmaragdów, błękitnie roztropnych, i topazów, bystrych żółtością, a jednak czerwone rubinów myślenie najbardziej mu się widziało. Gdy tak w chórze piskliwych malątek trudził się Mikromił, Gigacyan tymczasem olbrzymom poświęcał swój czas; staczał tedy ku sobie wysiłkiem największym słońca i całe galaktyki, roztapiał je, mieszał, spajał, łączył i ręce do łokci urobiwszy, kosmoluda stworzył, ogromem tak wszechogarniającego, że za nim już nic prawie nie zostało, jeno szparka, a w niej Mikromił z jego klejnotami.

Gdy obaj dzieło zakończyli, już nie o to im szło, który się od stworzonego przez się więcej dowie tajemnic, a tylko o to, który miał z nich słuszność i lepiej wybrał. Wyzwali się więc na turniej współzawodnictwa. Gigacyan czekał Mikromiła u boku swojego kosmoluda, który na wieki wieków świetlnych się rozciągał wzdłuż, wzwyż i wszerz, korpus miał z ciemnych chmur gwiazdowych, oddychanie z mrowisk słonecznych, nogi i ręce z galaktyk, grawitacją sczepionych, głowę ze stu trylionów globów żelaznych, a na niej czapkę kosmatą, pałającą, z sierści słonecznej. Kiedy nastrajał Gigacyan swego kosmoluda, latał od ucha jego do ust, a każda taka podróż sześć miesięcy trwała. Mikromił zaś przybył na pole boju samojeden, z pustymi rękami; miał w kieszonce malutki rubin, który chciał przeciwstawić kolosowi.

Roześmiał się na ów widok Gigacyan.

— I cóż powie ta kruszyna? — spytał. — Czymże może być jej wiedza wobec tej otchłani myślenia galaktycznego, rozumowania mgławicowego, w której słońca słońcom myśl przekazują, grawitacja je potężna wzmacnia, gwiazdy wybuchające przydają blasku konceptom, a ciemność międzyplanetarna zogromnia namysł?

— Zamiast chwalić swoje i chełpić się, lepiej przystąp do rzeczy — Mikromił na to. — Albo wiesz co? Po cóż my mamy te twory nasze pytać? Niech one same z sobą powiodą dyskurs współzawodnictwa! Niech się mój geniusz mikroskopijny potyka z twoim gwiazdoludem w szrankach tego turnieju, w którym mądrość jest tarczą, mieczem zaś myśl roztropna!

— Niechaj i tak będzie — zgodził się Gigacyan.

Odstąpili tedy dzieł swoich, aby same zostały na placu. Pokrążył, pokrążył w ciemnościach rubin czerwony nad oceanami próżni, w których góry gwiazd pływały, nad cielskiem rozświetlonym, niezmierzonym, i zapiszczał:

— Hej, ty, nazbyt wielki, niezguło ogniowa, nadmierny bylejaku, potrafiszże ty w ogóle cokolwiek pomyśleć?!

Już po roku doszły owe słowa do mózgu kolosa, w którym się firmamenty jęły obracać, harmonią kunsztowną spojone, zadziwił się tedy zuchwałym słowom i chciał zobaczyć, kto też to śmie tak się doń odzywać.

Jął więc głowę obracać w tę stronę, z której mu zadano pytanie, nim ją wszelako odwrócił, dwa lata minęły. Spojrzał oczami-galaktykami jasnymi w mrok i nic w nim nie zobaczył, bo rubinu dawno już tam nie było i tylko zza jego grzbietu popiskiwał:

— Ależ ciamajda z ciebie, mój ty gwiezdnochmury, słońcowłosy, ależ z ciebie leniwiec-przeraźliwiec! Zamiast łbem kręcić, słońcami kudłatym, powiedz lepiej, czy zdołasz dwa do dwóch dodać, zanim ci połowa olbrzymów błękitnych wypali się w mózgownicy i od starości zagaśnie!

Zgniewały te bezwstydne prześmiewki kosmoluda, jął więc, jak tylko mógł najszybciej, obracać się, bo zza grzbietu doń mówiono; i obracał się coraz bardziej rączo, i wirowały wokół osi ciała jego drogi mleczne, i zawijały się z rozpędu ramiona, dotąd proste, galaktyk — w spirale, i zakręcały chmury gwiazdowe, przez co kulistymi się stawały gromadami, i wszystkie słońca, globy i planety od tego pośpiechu rozkręciły się w nim jak bąki podcięte; ale zanim na przeciwnika ślepiami zaświecił, tamten już sobie z niego z boku podrwiwał.

Mknął kryształek-śmiałek coraz prędzej i prędzej, a kosmolud też jął krążyć i krążyć, ale nie mógł w żaden sposób nadążyć, choć obracał się już jak fryga, aż takich nabrał obrotów, z taką straszną począł wirować szybkością, że rozluźniły się pęta grawitacji, puściły napięte do ostateczności szwy ciążenia, przez Gigacyana nałożone, trzasły ściegi atrakcji elektrycznej i, jak rozbiegana centryfuga, pękł naraz i na wszystkie strony świata rozleciał się kosmolud, galaktykami-żagwiami spiralnymi kołując, drogami mlecznymi siejąc, i tą siłą odśrodkową rozbryźnięta rozpoczęła się ucieczka mgławic. Mikromił powiadał potem, że to on zwyciężył, bo się kosmolud Gigacyanowy rozleciał, zanim zdążył „be" lub „me" powiedzieć; Gigacyan wszakże na to, że celem rywalizacji było nie siłę spajającą zmierzyć, lecz rozum, to jest, który z ich tworów mądrzejszy, a nie — który się lepiej kupy trzyma. I, jako że to z przedmiotem sporu nic nie miało wspólnego, Mikromił podszedł go i oszukał niesławnie.

Od tego czasu spór ich jeszcze się wzmógł. Mikromił rubinu swego szuka, który gdzieś w katastrofie się zawieruszył, ale znaleźć go nie może, bo kędy spojrzy, czerwone widzi światło i zaraz tam bieży, ale to tylko światło mgławic, pierzchających ze starości, czerwienieje, więc wciąż od nowa szuka, i wciąż na próżno. Gigacyan zaś stara się grawitacjami-powrozami, promieniami-nitkami dzwona rozpękłego kosmoluda swojego zeszyć, jako igieł używając najtwardszego promieniowania. Ale co zeszyje, to mu zaraz pęka, taka jest bowiem moc straszna raz wszczętej ucieczki mgławic; i ani jeden, ani drugi nie zdołał się od materii jej tajemnic wywiedzieć, chociaż i rozumu ją nauczyli, i usta byli jej wprawili, ale zanim do rozstrzygającej doszło rozmowy, stała się ta bieda, którą nierozumni przez swą niewiedzę stworzeniem świata nazywają.

W istocie bowiem to tylko kosmolud rozpękł się Gigacyanowy na drobne kawałki, przez rubinka Mikromiłowego, i na takie drobne rozleciał się okruszyny, że do dziś na wszystkie strony leci. Kto zaś w to nie wierzy, niechże uczonych spyta, czy to nieprawda, że wszystko, co tylko jest w Kosmosie, bezustannie obraca się wokół osi jak bąk; od tego kręcenia zawrotnego wszystko się bowiem zaczęło.

Bajka o maszynie cyfrowej, co ze smokiem walczyła

Król Poleander Partobon, władca Kybery, był wielkim wojownikiem, a że metodom strategii nowoczesnej hołdował, cenił nade wszystko cybernetykę jako sztukę wojenną. Królestwo jego roiło się od maszyn myślących, bo Poleander rozmieszczał je wszędzie, gdzie tylko mógł; nie to, że w obserwatoriach astronomicznych lub w szkołach, ale w kamienie na drogach móżdżki kazał wprawiać elektryczne, które wielkim głosem przechodnia ostrzegały, aby się nie potknął; także w słupy, w mury, w drzewa, aby wszędzie dało się drogi dopytać; podczepiał je chmurom, żeby obwieszczały z góry deszcz, przydał je górom i dolinom, jednym słowem, niepodobna było na Kyberze stąpnąć, aby o rozumną maszynę nie zawadzić. Pięknie było na planecie, bo król nie tylko dekretami nakazywał to, co istniało dawniej, cybernetycznie doskonalić, ale i nowe całkiem wprowadzał ustawami porządki. Tak więc produkowano w jego królestwie cyberaki i cyberosy brzęczące, a nawet cybermuchy; te pająki chwytały mechaniczne, gdy nazbyt obrodziły. Szumiały na planecie cybergąszcze cybergajów, śpiewały cyberszafy i cybergęśle — a oprócz tych urządzeń cywilnych dwakroć więcej było wojskowych, ponieważ król bitnym był niezmiernie dowódcą. Miał on w podziemiach pałacowych strategiczną maszynę cyfrową, niezwykłej wprost waleczności; miał i pomniejsze, poza tym dywizje cyberkaemów, ogromne cybermaty i wszelakiej innej broni, jak również prochu pełne zbrojownie. Ta jedna tylko doskwierała mu bieda, od której wielce cierpiał, że nie miał żadnych zgoła przeciwników ani wrogów i nikt nie chciał w żaden sposób na państwo jego napaść, w czym by się niechybnie straszliwa odwaga królewska, umysł strategiczny, jak również nadzwyczajna zgoła skuteczność cyberbroni zaraz objawiły. W braku wrogów i napastników prawdziwych kazał król budować inżynierom swoim sztucznych, i z nimi boje wiódł, a zawsze zwycięskie. Że to były prawdziwie straszne pochody i bitwy, niemało szwanku cierpiała na tym ludność. Poddani szemrali, gdy już zbyt wiele cyberwrogów niszczyło ich osady i grody, kiedy syntetyczny nieprzyjaciel płynnym ogniem ich polewał, a nawet wtedy ośmielali się niezadowolenie wyrażać, gdy sam król, jako zbawca ich następując, nieprzyjaciela sztucznego niszcząc, podczas szturmów wszystko, co na jego drodze stało, w perzynę obracał. Narzekali i wtedy, niewdzięcznicy, chociaż działo się to ku ich wyzwoleniu.

Aż znudziły się królowi gry wojenne na planecie i dalej postanowił sięgnąć. Już kosmiczne mu się wojny i pochody marzyły. Miała jego planeta wielki księżyc, pustynny całkiem i dziki; król nałożył wielkie daniny na poddanych, aby fundusze zyskać, z których zamierzył na księżycu owym zbudować całe wojska i *teatrum* wojenne mieć nowe. Chętnie nawet płacili daninę poddani, na to licząc, że nie będzie ich już król Poleander cybermatami wyzwalał ani sił oręża swego na domach ich i głowach próbował. Jakoż zbudowali inżynierowie królewscy wyborną maszynę cyfrową na księżycu, która miała z kolei natworzyć wojsk wszelkich a broni samopalnej. Król zrazu tak i owak dzielność maszyny próbował; raz zaś nakazał jej telegraficznie, aby elektroskoku dokonała: był bowiem ciekaw, czy prawdą jest, co mówili inżynierowie, że machina ta umie wszystko. Jeśli wszystko umie — tak pomyślał — to niech skacze. Wszelako treść depeszy uległa drobnemu zniekształceniu i maszyna otrzymała rozkaz, iż nie elektroskok, lecz elektrosmok ma przez nią zostać wykonany; i jak najlepiej umiała — wypełniła polecenie.

Wiódł wtedy król jeszcze jedną kampanię, albowiem wyswobadzał prowincje królestwa, przez cyberknechtów zdobyte; zapomniał tedy całkiem o wydanym maszynie księżycowej poleceniu, aż tu skały jęły olbrzymie z księżyca lecieć na planetę; zdumiał się król, bo i na skrzydło pałacu jedna spadła i kolekcję cybernalów mu zniszczyła, krasnalów ze sprzężeniem zwrotnym, i wielce zgniewany natychmiast do maszyny księżycowej zatelegrafował, jak śmie tak postępować. Ona jednak nie odpowiedziała, bo już jej i na świecie nie było: smok ją pochłonął i na własny ogon przerobił.

Posłał król zaraz na księżyc całą wyprawę zbrojną, na jej czele inną postawił maszynę cyfrową, też bardzo mężną, aby smoka zgładziła, ale tylko błysło, huknęło, i już było po maszynie i po wyprawie; elektrosmok wojował bowiem nie na niby, lecz całkiem naprawdę, i najgorsze miał zamiary wobec królestwa i króla. Słał król na księżyc generałów-cyberałów, pułkowników-cyberników, wysłał na sam koniec jednego cyberissimusa nawet, ale i ten niczego nie dokonał; tylko nieco dłużej kotłowanina trwała, którą przez lunetę, ustawioną na tarasie pałacowym, król oglądał.

Smok rósł, księżyc stawał się coraz mniejszy, ponieważ potwór pożerał go po kawałku i na własne przerabiał ciało. Widział więc król, a z nim poddani jego, że źle jest, bo kiedy już gruntu pod stopami elektrosmokowi nie stanie, niechybnie się na planetę i na nich rzuci. Troskał się bardzo król, ale nie widział rady i nie wiedział, co czynić. Maszyny wysyłać źle, bo przepadną, a samemu ruszyć też niedobrze, bo straszno. Naraz usłyszał król, a była noc głucha, jak aparat telegraficzny w sypialni tronowej postukuje. Był to aparat królewski, cały złoty z brylantowym pisakiem, z księżycem połączony; zerwał się król i bieży, aparat zaś raz po razie stuk-puk, stuk-puk, i taki telegram wystukał: „Elektrosmok depeszuje, że precz ma się wynosić Poleander Partobon, bo on, smok, na tronie jego usiąść zamierza!"

Przeraził się król, zadrżał cały i jak stał, w nocnym stroju gronostajowym, w pantoflach, zbiegł do pałacowych podziemi, gdzie znajdowała się maszyna strategiczna, stara i bardzo mądra. Nie pytał jej dotąd o radę, bo jeszcze przed powstaniem elektrosmoka był się z nią pokłócił na temat pewnej operacji wojennej; teraz jednak nie do waśni mu było, chciał tron i życie ratować!

Włączył ją, a ledwo się nagrzała, zawołał:

— Moja maszyno cyfrowa! Moja dobra! — jest tak a tak, elektrosmok pragnie mnie tronu pozbawić, z królestwa wyrzucić, ratuj i mów, co czynić, aby go pokonać?!

— Ach, nie — odparła maszyna cyfrowa — pierwej musisz mi rację przyznać w tamtej sprawie, a poza tym życzę sobie, abyś nie inaczej mnie tytułował, jak Wielkim Hetmanem Cyfrowym, przy czym możesz także mówić do mnie: „Wasza Ferromagnetyczność”!

— Dobrze, dobrze, mianuję cię Wielkim Hetmanem i godzę się, na co tylko chcesz, ale ratuj!

Zabrzęczała maszyna, zaszumiała, odchrząknęła i rzekła:

— Rzecz jest prosta. Należy zbudować elektrosmoka, potężniejszego niż ten, który na księżycu siedzi. Pokona on księżycowego, połamie mu wszystkie gnaty elektryczne i w ten sposób dopnie się celu!

— Ach, to doskonale! — odparł król. — A czy możesz sporządzić mi plan tego smoka?

— Będzie to supersmok — rzekła maszyna. — Nie tylko plany umiem sporządzić, ale i jego samego, co zaraz uczynię, ale zaczekaj chwilkę, królu! — I w samej rzeczy zaszuściła, zahuczała, zajaśniała, składając coś w swym wnętrzu, i już coś, jak pazur olbrzymi, elektryczny, płomienisty, wysunęło się jej z boku, kiedy król zakrzyknął:

— Stara maszyno cyfrowa, stój!

— Jak się do mnie odzywasz? Jestem Wielkim Hetmanem Cyfrowym!

— A, prawda — rzekł król. — Wasza Ferromagnetyczność, przecież elektrosmok, którego sporządzisz, pokona tamtego smoka, ale sam pewno zostanie na jego miejscu, jakże będzie można jego z kolei usunąć?!

— Sporządzając innego, następnego, jeszcze potężniejszego — wyjaśniła maszyna.

— Ależ nie! Nie rób wobec tego nic, proszę, cóż mi z tego, że na księżycu będą smoki coraz straszliwsze, kiedy ja tam żadnego nie chcę!

— A, to inna rzecz — odparła maszyna — czemuś mi tego od razu nie powiedział? Widzisz, jak nielogicznie się wyrażasz? Czekaj... muszę się namyślić.

I huczała, brzęczała, szumiała, aż odchrząknęła i rzekła:

— Należy sporządzić antyksiężyc z antysmokiem, wprowadzić na orbitę księżyca (tu coś w niej chrupnęło), kucnąć i zaśpiewać: „Jam jest robot młody, nie boję się wody, bo gdzie woda, to ja hyc, nie boję się nic a nic, od nocy do rana, danaż moja dana!!"

— Dziwnie mówisz — rzekł król — co ma wspólnego antyksiężyc z tymi śpiewami o młodym robocie?

— O jakim robocie? — spytała maszyna. — Ach, nie, nie, pomyliłam się, mam wrażenie, że szwankuje mi coś w środku, musiałam się gdzieś przepalić.

Zaczął król szukać tego przepalenia, aż znalazł pękniętą lampę, wstawił nową i spytał maszynę, co robić z antyksiężycem.

— Z jakim antyksiężycem? — spytała maszyna, która tymczasem zapomniała, co mówiła przedtem. — Nie wiem nic o antyksiężycu... czekaj, muszę się zastanowić.

Zaszumiała, pobrzęczała i rzekła:

— Należy stworzyć ogólną teorię zwalczania elektrosmoków, której smok księżycowy będzie wypadkiem szczególnym, bardzo łatwym do rozwiązania.

— A więc stwórz taką teorię! — rzekł król.

— W tym celu muszę pierwej stworzyć rozmaite próbne elektrosmoki.

— Ależ nie! Dziękuję bardzo! — zawołał król. — Smok chce pozbawić mnie tronu, a co dopiero będzie, jeśli narobisz ich mnóstwo!

— Tak? No, wobec tego należy uciec się do innego sposobu. Zastosujemy wariant strategiczny metody kolejnych przybliżeń. Idź i zadepeszuj smokowi, że oddasz mu tron pod warunkiem, że wykona trzy operacje matematyczne, całkiem proste...

Król poszedł i zatelegrafował, a smok zgodził się. Wrócił król do maszyny.

— Teraz — rzekła — powiedz mu, jakie ma wykonać pierwsze działanie: niech podzieli się przez siebie samego!

Uczynił to król. Elektrosmok podzielił się przez siebie, ale że w jednym elektrosmoku mieści się tylko jeden elektrosmok, pozostał dalej na księżycu i nic się nie zmieniło.

— Ach, co też zrobiłaś najlepszego — zawołał król, wbiegając do podziemi tak szybko, aż mu pantofle spadały — smok podzielił się przez siebie, ale że jeden mieści się w jednym raz, nic się nie zmieniło!

— Nie szkodzi, zrobiłam tak umyślnie, to operacja odwracająca uwagę — rzekła maszyna. — Teraz powiedz mu, niech wyciągnie z siebie pierwiastek!

Król zatelegrafował na księżyc, a smok zaczął ciągnąć, ciągnął, ciągnął, aż cały zatrzeszczał, zasapał się, zadygotał, ale nagle puściło — i wyciągnął z siebie pierwiastek!

Wrócił król do maszyny.

— Smok trzeszczał, dygotał, nawet zgrzytał, ale wyciągnął pierwiastek i dalej mi zagraża! — wołał od progu. — Co teraz robić, stara ma... to jest Wasza Ferromagnetyczność?!

— Bądź dobrej myśli — rzekła — teraz powiedz mu, aby się od siebie odjął!

Pomknął król do sali sypialnej, zatelegrafował, smok zaś zaczął się od siebie odejmować, najpierw odjął sobie ogon, potem nogi, potem korpus, a wreszcie, gdy widział, że coś nie tak, zawahał się, ale z samego rozpędu odejmowanie szło dalej, odjął sobie głowę i zostało zero, czyli nic: nie było już elektrosmoka!

— Nie ma już elektrosmoka — zawołał radośnie król, wbiegając do podziemi — dzięki ci, stara maszyno cyfrowa... dzięki... napracowałaś się... zasłużyłaś na odpoczynek, więc cię teraz wyłączę.

— O nie, mój drogi — odparła maszyna. — Już zrobiłam swoje i chcesz mnie wyłączyć, i nie nazywasz mnie już Waszą Ferromagnetycznością?! O, bardzo nieładnie! Teraz ja przemienię się sama w elektrosmoka, mój kochany, i wypędzę cię z królestwa, i będę rządzić na pewno lepiej od ciebie, bo i tak zawsze radziłeś się mnie we wszystkich ważniejszych sprawach, a zatem w gruncie rzeczy to ja rządziłam, a nie ty...

I brzęcząc, hucząc, zaczęła się przemieniać w elektrosmoka; już jej płomienne elektropazury wystawały z boków, gdy król, bez tchu z przerażenia, zerwał z nóg pantofle, przyskoczył do niej i zaczął tłuc jej lampy pantoflami, którą popadło! Zabrzęczała, zakrztusiła się maszyna i poplątało się jej w programie — zamiast „elektrosmoka" zrobiła się z tego słowa „elektrosmoła", i na oczach króla maszyna, rzężąc coraz ciszej i ciszej, zmieniła się w ogromną lśniącą bryłę czarnej jak węgiel elektrosmoły, która jeszcze poskwierczała, aż wyszła z niej niebieskimi iskierkami cała elektryczność i przed osłupiałym Poleandrem dymiło tylko wielkie smoliste bajoro...

Odetchnął król, nałożył pantofle i wrócił do sypialni tronowej. Odtąd jednak odmienił się bardzo: przygody, które przeżył, uczyniły usposobienie jego mniej wojowniczym i po kres swych dni zajmował się już wyłącznie cybernetyką cywilną, a wojennej ani tknął.

Doradcy króla Hydropsa

Argonautycy byli pierwszym z plemion gwiezdnych, które zdobyło dla rozumu głębie oceanów planetarnych, na wieki, jak sądziły roboty małego ducha, metalowi wzbronione. Jednym ze szmaragdowych ogniw ich królestwa jest Akwacja, która lśni na niebie północnym jak wielki szafir w naszyjniku topazów. Na tej podwodnej planecie rządził przed wielu laty król Hydrops Wszechrybny. Pewnego ranka wezwał do sali tronowej czterech ministrów koronnych, a kiedy spłynęli przed nim na twarze, tak się do nich odezwał, podczas gdy jego wielki podskrzeli, cały w szmaragdach, poruszał nad nim szeroko rozpłetwionym wachlarzem:

— Nierdzewni Dostojnicy! Od piętnastu już wieków władam Akwacją, jej miastami podwodnymi i osadami sinych łąk; rozszerzyłem w tym czasie granice państwowe, zatapiając liczne lądy, a tym samym nie splamiłem wodoodpornych sztandarów, jakie przejąłem od mego rodzica, Ichtiokratesa. Owszem, w bitwach z wrażymi Mikrocytami odniosłem szereg zwycięstw, których sławę nie mnie przystoi opisywać. Czuję wszelako, że władza staje się dla mnie brzemieniem nieposilnym, a przeto postanowiłem zyskać syna, który by godnie kontynuował sprawiedliwe rządy na tronie Inoksydów. Dlatego zwracam się do ciebie, wierny mój Hydrocyberze Amassydzie, do ciebie, wielki programisto Dioptryku, i do was, Filonauto i Minogarze, którzy jesteście moimi nadstrojczymi, abyście mi wymyślili syna. Niech będzie mądry, ale nie lgnie nazbyt do ksiąg, nadmiar bowiem wiedzy poraża chęć czynu. Niech będzie dobry, ale znów bez przesady. Życzę sobie, aby był też mężny, lecz nie zuchwały, wrażliwy, ale nie tkliwy, nareszcie niech będzie podobny do mnie, niech boki jego kryje taka sama tantalowa łuska, a kryształy jego umysłu niech będą tak przejrzyste jak ta woda, która otacza nas, wspiera i żywi! A teraz przystąpcie do dzieła, w imię Wielkiej Matrycy!

Dioptryk, Minogar, Filonauta i Amassyd skłonili się głęboko i odpłynęli w milczeniu, a każdy ważył w duchu słowa królewskie, choć nie całkiem tak, jak by sobie tego życzył potężny Hydrops. Minogar bowiem nade wszystko pragnął zawładnąć tronem, Filonauta tajnie sprzyjał wrogom argonauckim, Mikrocytom, Amassyd zaś i Dioptryk byli śmiertelnymi wrogami i każdy z nich łaknął przede wszystkim upadku drugiego, a także pozostałych dostojników.

Król życzy sobie, abyśmy mu zaprojektowali syna — myślał Amassyd — cóż więc prostszego, jak wyryć na mikromatrycy królewicza niechęć do Dioptryka, tego pokurcza, nadętego jak pęcherz? Wówczas, objąwszy władzę, każe go zaraz udusić, przez wystawienie jego głowy na powietrze. Byłoby to zaiste doskonałe. Ale — myślał dalej znakomity Hydrocyber — Dioptryk niechybnie knuje takie same plany, a jako programista ma, niestety, sporo możliwości, aby wszczepić przyszłemu królewiczowi nienawiść do mnie. Fatalna historia! Muszę dobrze otwierać oczy, kiedy będziemy razem wkładali matrycę do dziecinnego pieca!

Najprościej byłoby — rozważał w tym samym czasie dostojny Filonauta — wryć królewiczowi przychylność dla Mikrocytów. Ale to zaraz dostrzegą i król każe mnie wyłączyć. A więc może wpoić królewiczowi jedynie miłość do małych form, co będzie o wiele bezpieczniejsze. Jeśli wezmą mnie na spytki, powiem, że miałem na myśli jeno drobiazg podwodny i tylko zapomniałem obwarować program syna zastrzeżeniem, iż tego, co nie jest podwodne, ukochać nie należy. W najgorszym razie król zdejmie mi za to order Wielkiej Chlupni, ale nie zdejmie mi głowy, a to jest rzecz wielce mi droga, której nie zwróciłby mi już sam Nanokser, władca Mikrocytów!

— Czemuż to milczycie, dostojni panowie? — ozwał się wtedy Minogar. — Sądzę, że winniśmy przystąpić do pracy niezwłocznie, nie masz bowiem niczego świętszego nad rozkaz królewski!

— Dlatego właśnie rozważam go w duchu — rzekł szybko Filonauta, a Dioptryk i Amassyd dodali jednym głosem:

— Jesteśmy gotowi!

Polecili więc, zgodnie ze starodawnym obyczajem, zamknąć się w komnacie o ścianach ze szmaragdowej łuski, którą z zewnątrz opieczętowano siedmiokroć podmorską żywicą, a sam Megacystes, pan powodzi planetarnych, wycisnął na pieczęciach swój herb — Cichą Wodę. Odtąd nikt już nie mógł wtrącić się do ich pracy, aż dopiero na znak o jej ukończeniu, kiedy umyślnym wirem wyrzuciliby przez klapę nieudane projekty, miano zerwać pieczęcie i przyszłoby do wielkiej uroczystości synobrania.

Jakoż dostojnicy zasiedli do dzieła, ale niesporo im ono szło. Nie o tym bowiem myśleli, jak wcielić w królewicza pożądane przez Hydropsa cnoty, lecz o tym, jak też podejść i króla, i trzech nierdzewnych towarzyszy w tej trudnej sprawie stwórczej.

Król niecierpliwił się, już osiem bowiem dni i nocy zamknięci byli jego synosprawcy, a nie dali nawet znaku, że dzieło zbliża się ku pomyślnemu końcowi. Bo też usiłowali brać się nawzajem na przetrzymanie, każdy więc czekał, aż innym nie stanie sił, a wtedy wkreśli szybko w krystaliczną siateczkę matrycy to, co w królewiczu ku jego obróci się korzyściom.

Żądza władzy podniecała wszakże Minogara, Filonautę — namiętność mamony, jaką przyobiecali mu Mikrocyci, nienawiść zaś wzajemna — Amassyda i Dioptryka.

Wyczerpawszy takim sposobem cierpliwość raczej niż siły, rzekł chytry Filonauta:

— Nie pojmuję, dostojni panowie, czemu dzieło nasze tak się przeciąga. Król udzielił nam wszak dyrektyw precyzyjnych; gdybyśmy się ich trzymali, królewicz byłby już gotów. Zaczynam podejrzewać, iż powolność waszą powoduje coś, co z królewskim synowszczęciem inny ma związek niż ten, który byłby miły sercu władcy. I jeśli dalej tak pójdzie, z najgłębszą boleścią będę się poczuwał do obowiązku złożenia *votum separatum*, to jest napisania...

— Donosu! O tym mówisz, wasza dostojność! — syknął, przebierając zaciekle błyszczącymi skrzelami, Amassyd, aż wszystkie pływaki jego orderów zadygotały. — Ależ proszę, proszę! Za pozwoleniem waszej dostojności, i ja mam ochotę napisać do króla o tym, jak wasza miłość, nie wiadomo od kiedy rażony drżączką, zniszczyłeś już osiemnaście perłowych matryc, które przyszło nam odrzucić, gdyż po formule o miłowaniu tego, co nieduże, nie zostawiłeś ani krzty miejsca na zakaz miłowania tego, co nie jest podmorskie! Zechciałeś nas zapewniać, godny Filonauto, iż było to przeoczenie — wszelako, powtórzone osiemnaście razy, starczy, aby zamknięto cię do domu zdrajców lub szaleńców, i tylko do wyboru między tymi dwoma ograniczy się twoja swoboda!

Chciał się bronić Filonauta, na wylot przejrzany, ale Minogar uprzedził go, mówiąc:

— Ktoś mógłby sądzić, szlachetny Amassydzie, iżeś jest w naszym zebraniu jak meduza bez zmazy, kryształowa. A przecież niepojętym sposobem i ty jedenastokrotnie do ustępu, poświęconego w matrycy temu wszystkiemu, czym się ma brzydzić królewicz, dołączałeś raz ogoniastość trójdzielną, raz — grzbiet sino szmelcowany, dwa razy — oczy wyłupiaste, to znów podwójny pancerz brzuszny i trzy iskry czerwone, jak gdybyś nie wiedział o tym, że wszystkie te cechy dotyczyć mogą tu obecnego Dioptryka, współrodzica królewskiego, i przez to zażegnąłbyś w duszy królewicza nienawiść do tego męża...

— A dlaczego Dioptryk na końcówce matrycowej wpisywał wciąż pogardę dla istot, których imię kończy się na „yd”? — spytał Amassyd. — I jeśli już o tym mowa, czemu ty sam, mości Minogarze, nie wiedzieć po co, do przedmiotów, których królewicz ma nie cierpieć, wliczałeś uparcie stolec pięciokątny, z oparciem płetwiasto ubrylantowionym? Czyżbyś nie wiedział, że kubek w kubek tak właśnie wygląda tron?

Zaległa kłopotliwa cisza, przerywana jeno słabym pluskaniem. Długo biedzili się dostojnicy, targani sprzecznymi interesami, aż utworzyły się pośród nich stronnictwa — Filonauta i Minogar doszli do porozumienia tym sposobem, aby synomatryca przewidywała sympatię do wszystkiego, co drobne, jak też ochotę ustępowania takim formom z drogi. Filonauta myślał przy tym o Mikrocytach, Minogar zaś o sobie, gdyż był najmniejszy spośród obecnych. Dioptryk także naraz przystał na oną formułę, jako że Amassyd był z nich wszystkich największego wzrostu. Ten opierał się gwałtownie, ale raptem zaniechał sprzeciwów, gdyż przyszło mu do głowy, że może się wszak pomniejszyć, jak również przekupić obuwniczego dworskiego, aby podbił Dioptrykowe podeszwy płytkami tantalu, przez co znienawidzony stanie się większego wzrostu i tak sobie niechęć królewicza zaskarbi.

Potem szybko już wykonali synomatrycę i po wyrzuceniu unieważnionych szczątków przez klapę przyszło do wielkiej uroczystości dworskiego synobrania.

Ledwo matryca z projektem królewicza znalazła się w wypieku, a straż honorowa zaciągnęła szyki przed piecem dziecinnym, z którego miał wyjść niebawem przyszły władca Argonautyków, Amassyd wziął się do zamyślanej zdrady. Obuwniczy dworski, którego przekupił, jął przykręcać wciąż nowe płytki tantalu do Dioptrykowych podeszew. Królewicz dochodził już pod nadzorem młodszych metalurgów, a Dioptryk, ujrzawszy się raz w wielkim zwierciadle pałacowym, stwierdził z przerażeniem, że jest już wyższy od swojego wroga, a wszak królewicz miał zaprogramowaną sympatię tylko do przedmiotów i osób małych!

Powróciwszy do domu, zbadał się Dioptryk sumiennie i opukał srebrnym młotkiem, aż odkrył przykręcone do stóp blachy i natychmiast pojął, czyja to była robota. — O, łajdak!! — pomyślał o Amassydzie. — Ale co teraz robić?! — Po krótkim namyśle postanowił się pomniejszyć. Wezwał wiernego sługę i przykazał mu sprowadzić do pałacu dobrego ślusarza. Ale sługa, nie całkiem zrozumiawszy polecenie, wypłynął na ulicę i sprowadził pewnego ubogiego wyrobnika, imieniem Froton, który całymi dniami krążył po mieście, wołając: — Głowy lutować! Brzuchy drutuję, ogony lutuję, ogony poleruję! — Miał ów druciarz złą żonę, która czekała zawsze jego powrotu z łomem w ręku, i kiedy się zbliżał, całą ulicę wypełniał jej zawzięty jazgot; odbierała mu wszystko, co zarobił, i jeszcze wgniatała mu barki i plecy bezlitosnymi uderzeniami.

Froton, drżąc, stanął przed wielkim programistą, który rzekł do niego:

— Słuchaj no, czy potrafiłbyś mnie pomniejszyć? Wydaję się sobie, uważasz, zbyt wielki... a zresztą — wszystko jedno! Masz mnie pomniejszyć, ale tak, abym nie poniósł szwanku na urodzie! Jeśli zrobisz to dobrze, hojnie cię wynagrodzę, ale masz o tym zaraz zapomnieć. Ani wody z ust — w przeciwnym razie każę cię zaśrubować!

Froton zdumiał się, ale nie pokazał tego po sobie; już to rozmaite fanaberie trzymają się możnych — przypatrzył się więc uważnie Dioptrykowi, zajrzał mu do środka, obstukał go, opukał i rzekł:

— Wasza Wielmożność, mógłbym wam wykręcić środkową część ogona...

— Nie, nie chcę! — odparł żywo Dioptryk. — Szkoda mi ogona! Jest zbyt piękny!

— A więc może odkręcić nogi? — spytał Froton. — Są wszak zbyteczne całkiem.

I rzeczywiście, Argonautycy nie używają nóg; są one pozostałością po starodawnych czasach, kiedy to jeszcze przodkowie ich bytowali na suszy.

Lecz Dioptryk dopiero teraz się rozgniewał:

— Ach, ty durniu żelazny! Czy nie wiesz o tym, że tylko nam, wysoko urodzonym, wolno mieć nogi?! Jak śmiesz pozbawiać mię tych insygniów szlachectwa!!

— Najpokorniej przepraszam Waszą Wielmożność... Ale co mogę w takim razie odkręcić?

Zrozumiał Dioptryk, że tak się opierając, niczego nie uzyska. Burknął więc:

— Rób, jak uważasz...

Zmierzył go Froton, postukał, popukał i rzekł:

— Za pozwoleniem Waszej Wielmożności, mógłbym odkręcić głowę...

— Oszalałeś chyba! Jakże mogę zostać bez głowy? Czym będę myślał?

— Ach, to nic, panie! Czcigodny umysł Waszej Wielmożności wsadzę do brzucha — jest tam sporo miejsca...

Zgodził się Dioptryk, a druciarz zręcznie odkręcił mu głowę, włożył półkule kryształowego rozumu do brzucha, zanitował wszystko, zaklepał, dostał pięć dukatów i służący wyprowadził go z pałacu. Wychodząc jednak, ujrzał w jednej z komnat Aurentynę, córkę Dioptryka, całą srebrną i złotą, i jej wysmukła kibić, wydająca dźwięk dzwoneczków przy każdym kroku, wydała mu się piękniejsza od wszystkiego, co dotąd widział. Wrócił do domu, gdzie czekała nań już żona z łomem w ręku, i wnet ogromny łoskot podniósł się na całej ulicy, a sąsiedzi mówili:

— Oho! Ta wiedźma, Frotonowa, znów wgniata mężowi boki!

Dioptryk zaś, wielce rad z tego, co się stało, poszedł do pałacu.

Zdziwił się nieco król na widok swego ministra bez głowy, ale ów zaraz mu wyjaśnił, że to taka nowa moda. Amassyd zaś przeląkł się, bo cały podstęp poszedł na marne, i kiedy znalazł się w swoim domu, postąpił tak samo jak jego wróg; odtąd rozgorzała między nimi rywalizacja miniaturyzacyjna i odkręcali sobie płetwy, skrzela, karki metalowe, tak że po tygodniu każdy z nich mógł, nie schylając się, wejść pod stół. Ale i pozostali dwaj ministrowie wiedzieli wszak dobrze o tym, że tylko najmniejszych będzie miłował przyszły król, i radzi nieradzi, także jęli się pomniejszać. Doszło wreszcie do tego, że nic nie było już do odkręcenia; zrozpaczony Dioptryk posłał wtedy służącego, aby przyprowadził mu druciarza.

Zdumiał się Froton, stawiony przed oblicze magnata, gdyż tak niewiele już z tego dostojnika zostało, a żądał uporczywie, aby go jeszcze bardziej zredukować!

— Wielmożny panie — rzekł, drapiąc się w głowę. — Widzi mi się, że tylko jeden jest sposób. Za pozwoleniem Waszej Wielmożności, wykręcę mózg...

— Nie, tyś oszalał! — uniósł się Dioptryk, ale druciarz wyjaśnił:

— Mózg ten schowa się w pałacu, w jakimś pewnym miejscu, na przykład w tej oto szafie, a Wasza Wielmożność będzie miał w środku jedynie maleńki odbiorniczek i głośniczek; dzięki temu będziesz, Wasza Wielmożność, połączony elektromagnetycznie ze swym rozumem.

— Pojmuję! — rzekł Dioptryk, któremu ten pomysł przypadł do gustu. — A więc rób, co do ciebie należy!

Wyjął mu Froton mózg, włożył go do szufladki w szafie, zamknął szufladkę na kluczyk, kluczyk wręczył Dioptrykowi, a do brzucha wsunął mu maleńki aparacik i mikrofonik. Tak mały stał się teraz Dioptryk, że prawie wcale nie było go widać; zadrżeli na widok takiego pomniejszenia trzej jego rywale, zdziwił się król, ale nic nie powiedział. Minogar, Amassyd i Filonauta jęli się teraz chwytać środków rozpaczliwych. W oczach topnieli z dnia na dzień i niebawem postąpili tak samo jak druciarz z Dioptrykiem: pochowali swoje mózgi, gdzie kto mógł, w biurku, pod łóżkiem, a sami zostali jeno puszeczkami lśniącymi, ogoniastymi, z jedną-drugą parką orderów, niewiele mniejszych od nich samych.

I znowu wysłał Dioptryk służących po druciarza; a gdy ten stanął przed nim, zawołał:

— Musisz coś robić! Koniecznie trzeba dalej zmniejszać za wszelką cenę, bo będzie źle!

— Wielmożny panie — odparł druciarz, kłaniając się nisko magnatowi, którego zaledwie widać było między poręczą a oparciem fotela — jest to niesłychanie trudne i nie wiem, czy w ogóle możliwe...

— To nic! Zrób, co ci mówię! Musisz! Jeżeli uda ci się tak mnie pomniejszyć, abym osiągnął postać minimalną, taką, że nikt mnie nie prześcignie — spełnię każde twoje życzenie!

— Jeśli Wasza Wielmożność zaręczy mi słowem szlacheckim, że tak będzie, postaram się zrobić, co w moich siłach — odparł Froton, któremu nagle pojaśniało w głowie, a w jego pierś jak gdyby ktoś nalał najczystszego złota — od wielu dni bowiem nie mógł myśleć o niczym innym, jak tylko o złotolitej Aurentynie i kryształowych dzwoneczkach, które zdawały się kryć w jej piersi.

Zaprzysiągł mu to Dioptryk. Wziął tedy Froton ostatnie trzy ordery, jakie obciążały drobną pierś wielkiego programisty, złożył z nich trójścienne pudełeczko, do środka włożył aparacik, tak mały jak dukat, obwiązał wszystko złotym drucikiem, dolutował z tyłu złotą blaszkę, wystrzygł ją na kształt ogonka i rzekł:

— Już gotowe, Wasza Wielmożność! Po tych wysokich odznaczeniach każdy rozpozna bez trudu Waszą Osobę; dzięki tej blaszce będziesz mógł, Wasza Wielmożność, pływać, aparacik zaś umożliwi łączność z rozumem, ukrytym w szafie...

Uradował się Dioptryk.

— Czego chcesz? Żądaj, mów — wszystko dostaniesz!

— Pragnę pojąć za żonę córkę Waszej Wielmożności, złotolitą Aurentynę!

Rozgniewał się strasznie Dioptryk i pływając wokół twarzy Frotona, obrzucając go obelgami, dzwoniąc na niego orderami, nazwał go łotrem bezczelnym, hołodrygą, łajdakiem, a potem kazał go wyrzucić z pałacu. Sam zaś w poszóstnej łodzi podwodnej popłynął zaraz do króla.

Kiedy Minogar, Amassyd i Filonauta ujrzeli Dioptryka w nowej postaci, a poznali go tylko dzięki wspaniałym orderom, z których obecnie się składał, jeśli nie liczyć ogonka, zatargał nimi gniew straszny. Jako mężowie światli w sprawach elektrycznych, pojęli, że trudno by dalej pójść w miniaturyzacji osobistej, a już nazajutrz odbyć się miały uroczyste narodziny królewicza i nie można było zwlekać ani chwili. Zmówił się więc Amassyd z Filonautą, że kiedy Dioptryk wracać będzie do swego pałacu, napadną nań, porwą go i uwiężą, co nie będzie trudne, gdyż nikt nawet nie zauważy zniknięcia osoby tak małej. Jak postanowili, tak zrobili. Amassyd przygotował starą puszkę blaszaną i zaczaił się z nią za rafą koralową, koło której przepływała łódź Dioptryka; a gdy się zbliżyła, słudzy jego, zamaskowani, wyskoczyli nagle na drogę, i nim lokaje Dioptryka podnieśli płetwy ku obronie, ich pan został już nakryty puszką i porwany; Amassyd zagiął natychmiast blaszane wieczko, aby się wielki programista nie mógł wydostać na wolność, i straszliwie szydząc z niego i drwiąc, pospiesznie wrócił do domu. Tu jednak pomyślał, że niedobrze trzymać więźnia u siebie; a właśnie usłyszał głos wołający z ulicy: — Głowy lutować! Brzuchy, ogony, karki drutować, polerować! — Uradował się, zawołał druciarza, którym był Froton, kazał mu hermetycznie zalutować puszkę, a kiedy ów to uczynił, dał mu talara i rzekł:

— Słuchaj no, druciarzu, w tej puszce jest skorpion metalowy, którego schwytano w piwnicy mego pałacu. Weź go i wyrzuć za miastem, tam gdzie to wielkie śmietnisko, wiesz? A dla pewności przyciśnij dobrze puszkę kamieniem, aby skorpion nie umknął czasem. I — na Wielką Matrycę! — nie otwieraj tej puszki, bo zginiesz na miejscu!

— Uczynię, jak każesz, panie — rzekł Froton, wziął puszkę, zapłatę i odszedł.

Zdziwiła go ta historia, nie wiedział, co o niej sądzić; potrząsnął puszeczką, a coś w niej zakołatało.

To nie może być skorpion — pomyślał — nie ma tak małych skorpionów... Zobaczymy, co to takiego, ale nie od razu...

Wrócił do domu, ukrył puszkę na strychu, obłożył ją z wierzchu starymi blachami, aby jej żona nie znalazła, i udał się na spoczynek. Ale żona zauważyła, że coś chowa na poddaszu, więc gdy nazajutrz opuścił dom, aby jak zawsze krążyć po mieście, wołając: — Głowy drutować! Ogony lutować! — szybko pobiegła na górę, odnalazła puszkę i potrząsnąwszy nią, posłyszała dźwięk metalu. — A to łajdak, a to szubrawiec! — pomyślała o Frontonie. — Do tego już doszło. Ukrywa przede mną jakieś skarby! — Czym prędzej zrobiła w puszce dziurkę, ale nic nie widziała, więc dłutem rozpruła blachę. A kiedy ją tylko trochę odgięła, zobaczyła błysk złota, bo były to ordery Dioptrykowe ze szczerego kruszcu; drżąc z niepohamowanej chciwości, oderwała cały wierzch blaszany, a wtedy Dioptryk, który dotąd spoczywał jak martwy, albowiem blacha ekranowała go od mózgu, który znajdował się w szafie jego pałacu, nagle ocknął się, uzyskał łączność z rozumem i zawołał:

— Co to jest?! Gdzie ja jestem?! Kto śmiał na mnie napaść?! Kim jesteś, ohydna kreaturo? Wiedz, że marnie zginiesz zaśrubowana, jeśli natychmiast nie zwrócisz mi wolności!

Żona druciarza, ujrzawszy trzy dukatowe ordery, jak jej skaczą do oczu, wrzeszczą i wygrażają ogonkiem, przelękła się tak bardzo, że chciała uciekać; skoczyła ku strychowej klapie, a gdy Dioptryk wciąż pływał nad nią i wygrażał, klnąc na czym świat stoi, potknęła się o wierzchni szczebel drabiny i razem z nią zleciała ze strychu. Padając, skręciła sobie kark, a drabina, przewracając się, przestała podpierać klapę strychową, która zamknęła się; w taki sposób Dioptryk został uwięziony na strychu, gdzie pływał od ściany do ściany, daremnie wzywając pomocy.

Wieczorem wrócił Froton do domu i zdziwił się, że żona nie oczekuje go z łomem na progu — a gdy wszedł do mieszkania, ujrzał ją i nawet się nieco zmartwił, gdyż był niezmiernie zacny; wszelako rychło pomyślał, iż wypadek ten obróci się na jego korzyść, tym bardziej że mógł zużyć żonę na części zapasowe, co doskonale by się opłaciło. Usiadł więc na podłodze, dobył śrubokrętu i wziął się do rozkręcania nieboszczki, kiedy dobiegły go piskliwe okrzyki, płynące z wysoka.

— Ach! — rzekł sobie. — Poznaję ten głos, to wszak wielki programista królewski, który kazał mnie wczoraj wyrzucić z pałacu i jeszcze nic mi nie zapłacił — ale skądże wziął się na moim strychu?

Przystawił drabinę do klapy, wszedł na nią i spytał:

— Czy to wy, Wasza Wielmożność?

— Tak, tak! — zawołał Dioptryk. — To ja, ktoś porwał mnie, napadł, zalutował w puszce, jakaś kobieta otworzyła ją, wystraszyła się i spadła ze strychu, klapa się zamknęła, jestem uwięziony, wypuść mię, kimkolwiek jesteś — na Wielką Matrycę! — a dam ci, co tylko będziesz chciał!

— Jużem te słowa słyszał, za pozwoleniem Waszej Wielmożności, i wiem, ile są warte — odparł Froton. — Bo ja jestem druciarzem, którego kazałeś wyrzucić — i tu opowiedział mu całą historię, jak to nieznany jakiś magnat wezwał go do siebie, kazał zalutować puszkę i zostawić ją na śmietniku za miastem. Pojął Dioptryk, że musiał to być jeden z ministrów królewskich, a najpewniej Amassyd. Jął zaraz prosić i błagać Frotona, by go wypuścił ze strychu, ów jednak spytał, jak może jeszcze teraz wierzyć słowu Dioptrykowemu?

I dopiero kiedy ów zaprzysiągł mu na wszystkie świętości, że odda mu córkę za żonę, druciarz otworzył klapę i wziąwszy magnata w dwa palce, orderami do wierzchu, zaniósł go do jego pałacu. A właśnie zegary wypluskiwały dwunastą godzinę południa i rozpoczynała się wielka uroczystość wydobywania z pieca syna królewskiego; czym prędzej dowiesił więc Dioptryk do trzech orderów, z jakich się składał, wielką gwiazdę wszechmorską, na wstędze haftowanej w bałwany, i popłynął pędem do pałacu Inoksydów. Froton zaś udał się na pokoje, gdzie wśród dam swoich przebywała Aurentyna, grając na elektrodrumli; i oboje wielce przypadli sobie do gustu. Fanfary odezwały się z wież pałacowych, kiedy Dioptryk dopłynął do głównego wejścia, bo już się zaczęła uroczystość. Nie chcieli go zrazu wpuścić odźwierni, ale poznali go po orderach i otworzyli wrota.

A gdy się otwarły, podwodny przeciąg poszedł na całą salę koronacyjną, porwał Amassyda, Minogara i Filonautę, bo tacy byli zminiaturyzowani, i zaniósł ich do kuchni, gdzie zakrążyli chwilę, daremnie wzywając pomocy, nad zlewem, wpadli do niego i podziemnymi meandrami dostali się za miasto; nim zaś wygramolili się ze szlamu, iłu i błota, oczyścili się i wrócili na dwór, było już po uroczystości. Ten sam przeciąg podwodny, który tak dał się we znaki trzem ministrom, porwał też Dioptryka i zakręcił nim wokół tronu z taką siłą, aż pękł opasujący go drucik złoty i poleciały na wszystkie strony ordery i gwiazda wszechmorska, aparacik zaś siłą rozpędu uderzył w czoło króla Hydropsa, który wielce się zdumiał, bo z kruszyny owej dobiegł pisk:

— Wasza Królewska Mość! Wybacz! Niechcący! To ja, Dioptryk, wielki programista...

— A cóż to za głupie żarty w takiej chwili? — zawołał król i odtrącił aparacik, który spłynął na podłogę, a wielki podskrzeli, otwierając uroczystość trzykrotnym uderzeniem złotej laski, niechcący roztłukł go na drobne kawałki.

Wyszedł królewicz z pieca dziecinnego i wzrok jego padł na elektryczną rybkę, która pływała w srebrnej klatce obok tronu, oblicze jego rozjaśniło się i upodobał sobie to maleńkie stworzonko. Uroczystość szczęśliwie dobiegła kresu, królewicz wstąpił na tron i zajął miejsce Hydropsa. Stał się odtąd władcą Argonautyków i wielkim filozofem, oddał się bowiem badaniom niebytu, gdyż nie ma nic mniejszego do pomyślenia; rządził też sprawiedliwie, przybrawszy imię Neantofila, a małe rybki elektryczne były umiłowaną jego potrawą. Froton zaś pojął za żonę Aurentynę, na jej prośby odremontował spoczywające w piwnicy szmaragdowe ciało Dioptryka i wprawił w nie mózg, wyjęty z szafy; widząc, że nie ma innej rady, wielki programista i pozostali ministrowie służyli odtąd wiernie nowemu królowi, Aurentyna zaś i Froton, który został wielkim podblaszym koronnym, żyli długo i szczęśliwie.

Przyjaciel Automateusza

Pewien robot, mając wyruszyć w daleką a niebezpieczną drogę, posłyszał o wielce pożytecznym urządzeniu, które wynalazca jego nazwał elektrycznym przyjacielem. Pomyślał, że raźniej mu będzie na duszy, jeśli otrzyma towarzysza, choćby miała być nim tylko maszyna, udał się więc do wynalazcy i poprosił, aby opowiedział o sztucznym przyjacielu.

— Służę ci — odparł wynalazca. (Jak wiadomo, w bajkach wszyscy się „tykają", nawet smoków nie tytułuje się panami i jedynie do królów trzeba się odzywać w liczbie mnogiej). To mówiąc, wyjął z kieszeni garść metalowych ziarenek, podobnych do drobnego śrutu.

— Co to jest? — zdziwił się robot.

— A jak się nazywasz, bo zapomniałem cię o to zapytać we właściwym miejscu tej bajki? — spytał wynalazca.

— Nazywam się Automateusz.

— To dla mnie za długie, będę cię nazywał Automkiem.

— Kiedy to od Automasza, ale niech ci będzie — odparł tamten.

— A zatem, mój zacny Automku, masz przed sobą garść elektroprzyjaciół. Musisz wiedzieć, że z powołania i specjalizacji jestem miniaturyzatorem. To znaczy urządzenia wielkie i ciężkie zmieniam na małe i przenośne. Każde takie ziarenko jest koncentratem elektrycznego myślenia, niezmiernie wszechstronnym i rozumnym. Nie powiem ci, że to geniusz, gdyż byłaby to przesada, podobna do fałszywej reklamy. Co prawda, zamiarem moim jest właśnie stworzyć elektrycznych geniuszów i nie spocznę, póki nie zrobię tak malutkich, aby ich można było nosić w kieszeni tysiące; dopiero kiedy wsypię ich do worków i będę sprzedawał na wagę, jak piasek, dopnę wymarzonego celu. Ale mniejsza o te moje plany na przyszłość. Na razie sprzedaję elektroprzyjaciół na sztuki, i to niedrogo: za jednego biorę tyle, ile zaważy, w brylantach. Przyznasz chyba, jaka to umiarkowana cena, wziąwszy pod uwagę, że możesz takiego elektroprzyjaciela włożyć do ucha, gdzie będzie ci szeptał dobre rady i służył wszelką informacją. Tu masz kawałek miękkiej waty, którą zatkasz ucho, aby przyjaciel nie wypadł, kiedy skłonisz głowę w bok. Czy bierzesz go? Gdybyś reflektował na tuzin, mógłbym odstąpić taniej...

— Nie, na razie wystarczy mi jeden — odparł Automateusz. — Ale chciałbym jeszcze wiedzieć, czego właściwie mogę się po nim spodziewać? Czy potrafi dopomóc w ciężkiej sytuacji życiowej?

— Jasne, przecież po to właśnie jest! — odparł pogodnie wynalazca. Podrzucił na dłoni garść ziaren, lśniących metalicznie, gdyż były sporządzone z rzadkich metali, i ciągnął: — Oczywiście, nie możesz liczyć na pomoc w sensie fizycznym, ale nie o nią przecież chodzi. Pokrzepiające uwagi, dobre i bystre rady, rozsądne refleksje, korzystne dla ciebie wskazania, napomnienia, przestrogi, jak również słowa otuchy, sentencje, dodające wiary we własne siły, oraz głębokie myśli, pozwalające sprostać każdej, jakiejkolwiek trudnej, a nawet groźnej sytuacji — oto tylko drobna część repertuaru moich elektroprzyjaciół. Są absolutnie oddani, wierni, stale przytomni, bo nigdy nie śpią, są też nad wyraz trwali, estetyczni, a sam widzisz, jacy poręczni! Więc jak, bierzesz tylko jednego?

— Tak — odparł Automateusz. — Powiedz mi jeszcze, proszę, co będzie, jeżeli mi go ktoś ukradnie? Czy wróci do mnie? Czy doprowadzi złodzieja do zguby?

— Co to, to nie — odrzekł wynalazca. — Będzie mu służył tak samo pilnie i wiernie jak poprzednio tobie. Nie możesz wymagać zbyt wiele, mój Automku, nie opuści cię w biedzie, jeśli ty jego nie opuścisz. Ale to ci nie grozi, jeżeli tylko włożysz go do ucha i będziesz miał je zawsze zatkane watą...

— Dobrze — zgodził się Automateusz. — A jak mam do niego mówić?

— Wcale nie musisz mówić, wystarczy, abyś bezdźwięcznie wyszeptał cokolwiek, a usłyszy cię doskonale. Co do jego imienia, to zwie się Wuch. Możesz mówić doń „mój Wuchu", to wystarczy.

— Doskonale — odparł Automateusz.

Zważyli Wucha, wynalazca otrzymał zań ładny brylancik, a robot, uspokojony, że ma już towarzysza, bliską duszę na daleką drogę, ruszył przed siebie.

Było mu bardzo wygodnie podróżować z Wuchem, który jeśli sobie tego życzył, budził go co rana, wgwizdując mu do środka głowy cichuteńką, rozweselającą pobudkę, opowiadał też rozmaite żartobliwe historyjki, rychło jednak Automateusz zakazał mu tego, jeśli znajdował się w towarzystwie, inni bowiem zaczęli go podejrzewać o głuptactwo, ponieważ co jakiś czas wybuchał śmiechem bez żadnej widomej przyczyny. Takim sposobem podróżował Automateusz najpierw lądem, aż dotarł do brzegu morskiego, gdzie oczekiwał go piękny biały okręt. Niewiele miał dobytku, w mig tedy ulokował się w przytulnej kajucie i z zadowoleniem przyjął hurkot, oznajmiający podniesienie kotwicy i początek wielkiej żeglugi. Przez kilka dni biały okręt płynął wesoło wśród fal, pod promieniami pogodnego słońca, a w nocy kołysał do snu, osrebrzany księżycem, aż jednego ranka wybuchła przeraźliwa burza. Fale, trzy razy wyższe od masztów, waliły się na trzeszczący we wszystkich spojeniach statek i łoskot panował tak przeraźliwy, że Automateusz nie słyszał ani jednego słowa ze wszystkich pocieszeń, jakie bez wątpienia podczas owych ciężkich chwil wszeptywał mu Wuch. Nagle dał się słyszeć niesamowity trzask, słona woda buchnęła do kajuty i na oczach przerażonego Automateusza okręt jął się rozpadać w kawały.

Wybiegł na pokład, tak jak stał, a ledwo wskoczył do ostatniej łodzi ratunkowej, przybiegła olbrzymia fala, obruszyła się na statek i pociągnęła go w kotłujące się głębiny oceanu.

Automateusz nie widział ani jednego członka załogi, znajdował się w łodzi ratunkowej sam jak palec, pośród rozhukanego morza, i drżał, oczekując chwili, kiedy kolejny bałwan zatopi skaczącą łódkę wraz z nim. Wiatr wył, z niskich chmur potoki siekły wzburzoną powierzchnię morza, i wciąż nie mógł dosłyszeć, co miał mu do powiedzenia Wuch. Wtem dostrzegł wśród odmętów jakieś niewyraźne kształty, zalewane kipiącą bielą; był to brzeg nieznanego lądu, przy którym łamały się fale.

Łódź ze zgrzytem osiadła na kamieniach, Automateusz zaś, przemoczony do nitki, ociekający słoną wodą, puścił się na chwiejnych nogach ze wszech sił w głąb zbawczego lądu, byle dalej od fal oceanu. Pod jakąś skałą osunął się na ziemię i zapadł w nieprzytomny sen wyczerpania.

Obudziło go delikatne naświstywanie. To Wuch przypominał mu o swej przyjaznej obecności.

— Ach, doskonale, że jesteś, Wuchu, teraz dopiero widzę, jak to dobrze, że mam cię przy sobie, a właściwie nawet w sobie! — zawołał Automateusz, ocknąwszy się z głębokiej bezpamięci. Spojrzał wokół. Słońce świeciło, morze falowało jeszcze, ale znikły groźne bałwany, chmury, deszcz; niestety — wraz z nimi znikł również statek. Burza musiała w nocy szaleć z niewymowną siłą, zabrała bowiem i uniosła na pełne morze łódź, która uratowała Automateusza. Zerwał się na równe nogi i jął biec wzdłuż brzegu, aby już po dziesięciu minutach wrócić na to samo miejsce. Znajdował się na wysepce bezludnej, i to bardzo małej. Położenie jego nie było wesołe. Cóż z tego, skoro miał przy sobie Wucha! Szybko powiadomił go o stwierdzonym stanie rzeczy i prosił o radę.

— Ha! Ba! Mój kochany! — rzekł Wuch. — To nie byle sobie sytuacja! Pozwól, a zastanowię się głęboko. Czego ci właściwie trzeba?

— Ależ jak to? Wszystkiego: pomocy, ratunku, odzieży, środków do życia, przecież tutaj nie ma nic oprócz piasku lub skał!

— Hm! Tak mówisz? Czy jesteś tego całkiem pewny? A nie walają się gdzieś po plaży skrzynie z rozbitego okrętu, pełne narzędzi, ciekawej lektury, strojów na różne okoliczności oraz strzelniczego prochu?

Automateusz wzdłuż i wszerz przebiegł plażę, lecz niczego nie znalazł, nawet jednej szczapy nie było, odpryśniętej z okrętu, który snadź cały zatonął jak kamień.

— Nie ma nic, mówisz? Hm, to bardzo dziwne. Bogata literatura o życiu na wyspach bezludnych niezbicie dowodzi, że rozbitek zawsze znajduje w swym pobliżu topory, gwoździe, słodką wodę, olej, święte księgi, piły, cęgi, strzelby i mnóstwo innych pożytecznych rzeczy. Ale jak nie, to nie. Może jest choć dająca schronienie jaskinia w skałach?

— Nie, nie ma żadnej jaskini.

— Nie ma, powiadasz? Ba, to już niezwykłe! Może będziesz więc taki dobry i wejdziesz na najwyższą skałę, by rzucić okiem wkoło?

— Zaraz to zrobię! — zawołał Automateusz, wspiął się na stromą skałę pośrodku wyspy i osłupiał: wulkaniczną wysepkę ze wszech stron otaczał bezmiar oceanu!

Słabym głosem zakomunikował to Wuchowi, poprawiając drżącym palcem watę w uchu, aby tylko nie utracić przyjaciela. — Co za szczęście, że nie wypadł, kiedy okręt tonął — pomyślał jeszcze, a że poczuł ponowny napływ zmęczenia, usiadł na skale, czekając niecierpliwie przyjaznej pomocy.

— Uwaga, przyjacielu! Oto rady, jakich spieszę ci udzielić w tej trudnej sytuacji! — ozwał się wreszcie wyczekiwany z utęsknieniem głosik Wucha. — Na podstawie obliczeń, których dokonałem, wnioskuję, że znajdujemy się na nieznanej wysepce, stanowiącej rodzaj rafy, a raczej szczyt podmorskiego łańcucha gór, który powoli wynurza się z odmętów i połączy się z lądem stałym za trzy do czterech milionów lat.

— Mniejsza o te miliony, co robić teraz?! — zawołał Automateusz.

— Wysepka leży z dala od szlaków okrętowych. Szansa przypadkowego pojawienia się w jej pobliżu jakiegoś statku wynosi jeden do czterystu tysięcy.

— O, wielkie nieba! — wykrzyknął zrozpaczony rozbitek. — To straszne! Więc co mi radzisz robić?

— Powiem ci zaraz, jeśli tylko nie będziesz mi wciąż przerywał. Udaj się na brzeg morski i wejdź do wody, mniej więcej po pierś. W ten sposób nie będziesz musiał się zbytnio nachylać, co byłoby niewygodne. Następnie zanurzysz głowę i wciągniesz tyle wody, ile tylko będziesz mógł. Jest gorzka, wiem o tym, ale to nie potrwa długo. Tym bardziej jeśli będziesz zarazem maszerował przed siebie. Wnet staniesz się ciężki, a słona woda, wypełniwszy twoje wnętrze, w okamgnieniu przerwie wszelkie organiczne procesy i takim obrotem natychmiast stracisz życie. Dzięki temu unikniesz długotrwałych mąk pobytu na tej wysepce, jak również powolnego konania, a nawet zagrażającego ci przedtem pomieszania umysłowego. Możesz też wziąć do każdej ręki po ciężkim kamieniu. Nie jest to konieczne, wszelako...

— Zwariowałeś chyba! — wrzasnął, zrywając się z miejsca, Automateusz. — Mam się utopić? Nakłaniasz mnie do samobójstwa? A to mi dopiero życzliwa rada! I ty mienisz się moim przyjacielem?!

— Ależ tak! — odparł Wuch. — Wcale nie zwariowałem, gdyż nie leży to w moich możliwościach. Ja nigdy nie tracę umysłowej równowagi. Tym przykrzej byłoby mi towarzyszyć tobie, mój kochany, kiedy byś ujrzał się jej pozbawionym i powoli ginął w promieniach tego palącego słońca. Zapewniam cię, że dokładnie przeanalizowałem całą sytuację i po kolei wykluczyłem wszelkie szanse ratunku. Nie sporządzisz łodzi czy tratwy, bo nie masz po temu materiałów; nie wyratuje cię stąd, jak się już rzekło, żaden statek; nad wyspą nie przelatują nawet samoloty, z kolei sam też nie zdołasz zbudować maszyny latającej. Mógłbyś, oczywiście, wybrać powolne konanie zamiast śmierci szybkiej i lekkiej, ale jako twój najbliższy przyjaciel gorąco odradzam ci tak nierozsądną decyzję. Jeżeli tylko dobrze wciągniesz wodę...

— A niech cię pioruny trzasną z twoją dobrze wciąganą wodą!! — zawrzasnął, trzęsąc się z gniewu, Automateusz. — I pomyśleć, że za takiego przyjaciela dałem pięknie szlifowany brylant! Wiesz, kim jest twój wynalazca? Zwykłym wydrwigroszem, rzezimieszkiem, oczajduszą!

— Na pewno cofniesz te słowa, kiedy wysłuchasz mnie do końca — odparł spokojnie Wuch.

— A więc nie powiedziałeś mi jeszcze wszystkiego? Czy może masz zamiar bawić mię opowieściami o oczekującym mnie życiu pozagrobowym? Za to dziękuję!

— Nie ma żadnego życia pozagrobowego — odparł Wuch. — Nie zamierzam też okłamywać cię, bo ani chcę, ani umiem to robić. Nie tak pojmuję świadczenie przyjacielskich usług. Posłuchaj mnie tylko uważnie, mój drogi! Jak ci wiadomo, choć na ogół się o tym nie myśli, świat jest nieskończenie różnorodny i bogaty. Znajdują się w nim wspaniałe miasta, pełne gwaru i skarbów nagromadzonych, królewskie pałace, lepianki, urocze i posępne góry, szumiące gaje, łagodne jeziora, upalne pustynie i bezkresne śniegi Północy. Taki, jaki jesteś, nie możesz jednak doświadczyć naraz więcej aniżeli jednego, jedynego miejsca spośród tych, które wymieniłem, i milionów, jakie przemilczałem. Można zatem bez żadnej przesady powiedzieć, że dla miejsc, w których jesteś nieobecny, przedstawiasz jak gdyby umarłego, albowiem nie zaznajesz ani pieszczoty bogactw pałacowych, ani nie uczestniczysz w tańcach krajów Południa, ani też nie napawasz oka tęczowaniem lodów Północy. One nie istnieją dla ciebie w sposób równie doskonały, jak nie istnieją właśnie tylko podczas śmierci. Tym samym, jeśli się dobrze zastanowisz i zgłębisz umysłem to, co ci przedstawiam, pojmiesz, że nie będąc wszędzie, to jest w tych wszystkich miejscach czarownych, jesteś prawie że nigdzie. Miejsc dla pobytu jest bowiem, jak się rzekło, milion milionów, a ty możesz zaznać tylko tego jednego, nieciekawego, monotonią swą nawet przykrego, ba — wstrętnego, jakie stanowi ta skalista wysepka. Otóż, między „wszędzie" a „prawie że nigdzie" jest różnica ogromna i ta jest twoim normalnym życiowym udziałem, bo zawsze byłeś w jednym, jedynym miejscu naraz. Natomiast między „prawie że nigdzie" a „nigdzie" zachodzi różnica, mówiąc prawdę, mikroskopijna. Tak zatem matematyka wrażeń dowodzi, że już teraz właściwie ledwo że żyjesz, bo niemal wszędzie jesteś nieobecny, właśnie jak nieboszczyk! To po pierwsze. Po wtóre: spójrz na ten piasek zmieszany ze żwirem, kaleczący twe delikatne stopy — czy uważasz go za bezcenny? Na pewno nie. Oto mnóstwo słonej wody, jej obrzydły nadmiar — czy ci ona potrzebna? Skądże znowu! Oto nieco skał i upalny, wysuszający stawy członków błękit nieba nad tobą. Potrzebujesz tego skwaru nie do wytrzymania, tych martwo rozpalonych głazów? Oczywiście, że nie! A zatem nie potrzebujesz absolutnie niczego ze wszystkich otaczających cię rzeczy, tego, na czym stoisz, co cię nakrywa kopułą nieboskłonu. Cóż pozostaje, jeśli to odjąć? Trochę szumu w głowie, ucisku w skroniach, dudnienia w piersi, nieco dygotania kolan i innych chaotycznych poruszeń. Potrzebujesz, z kolei, owego szumu, ucisku, dudnienia czy dygotania? Bynajmniej, mój drogi! A jeśli i z tego zrezygnować, co wtedy zostanie? Nieco myślowej gonitwy, te wyrazy, jakże podobne do przekleństw, którymi w duchu obsypujesz mnie, twego przyjaciela, jak również duszący cię gniew i mdłości budząca trwoga. Potrzebowałżebyś, pytam na koniec, tego strachu wstrętnego i bezsilnej wściekłości? Oczywiście, że i to ci na nic. Jeśli przeto odejmiemy i owe uczucia zbędne, nie pozostanie już nic, ale to nic, powiadam, zero, i tym właśnie zerem, to jest stanem wiekuistej równowagi, trwałego milczenia i doskonałego spokoju pragnę cię, jako prawdziwy przyjaciel, obdarzyć!

— Ależ ja chcę żyć! — ryknął Automateusz. — Chcę żyć! Żyć!! Czy słyszysz?!

— A, to już mowa nie o tym, czego doznajesz, ale czego sobie życzysz — odparł spokojnie Wuch. — Pragniesz żyć, to jest posiadać przyszłość, która staje się teraźniejszością, do tego bowiem sprowadza się przecież życie. Niczego więcej w nim nie ma. Otóż żyć nie będziesz, bo nie możesz, jakeśmy już ustalili. Rzecz w tym tylko, w jaki sposób przestaniesz żyć — podczas długich męczarni czy też lekko, kiedy, wciągnąwszy jednym haustem wodę...

— Dosyć! Nie chcę! Precz! Precz!!! — krzyczał z całych sił Automateusz, podskakując na miejscu z zaciśniętymi kułakami.

— A to co znowu? — odparł Wuch. — Mniejsza nawet o tę obraźliwą formę rozkazu, która kojarzy mi się nieodparcie z wypowiedzeniem przyjaźni, ale jak możesz wyrażać się tak nierozumnie? Jak możesz wołać do mnie „precz"? Czy ja mam nogi, na których mógłbym sobie odejść? Czy choćby ręce, by na nich się odczołgać? Przecież wiesz doskonale, że tak nie jest. Jeśli chcesz się mnie pozbyć, bądź łaskaw wyjąć mnie z ucha, które, zapewniam, wcale nie jest najmilszym miejscem na świecie, i porzuć mnie gdziekolwiek!

— Dobrze! — wrzasnął zapamiętały w gniewie Automateusz. — Zaraz to zrobię! — Lecz próżno szperał i dłubał w uchu, dobierając się tam palcem. Przyjaciel jego zbyt dokładnie został wciśnięty w głąb i żadną miarą nie mógł go wydobyć, chociaż trząsł na wszystkie strony głową jak szalony.

— Zdaje się, że nic z tego — ozwał się Wuch po dobrej chwili. — Wygląda na to, że nie rozłączymy się, chociaż nie jest to ani po twojej, ani po mojej myśli. Jeśli tak, to z faktem tym należy się pogodzić, fakty bowiem to mają do siebie, że racja jest zawsze po ich stronie. Dotyczy to, nawiasem mówiąc, także twego obecnego położenia. Pragniesz mieć przyszłość, i to za wszelką cenę. Wydaje mi się to nieroztropne, ale niech i tak będzie. Pozwól więc, abym ci tę przyszłość odmalował w grubszym zarysie, znane bowiem lepsze jest zawsze od nieznanego. Gniew, który miota tobą obecnie, rychło ustąpi miejsca poczuciu bezsilnej rozpaczy, tę zaś, po szeregu tyluż gwałtownych, co daremnych wysiłków odkrycia ratunku, zastąpi z kolei bezmyślne otępienie. Tymczasem potężny skwar słoneczny, który nawet mnie dochodzi w tym zacienionym miejscu twej osoby, będzie, zgodnie z nieubłaganymi prawami fizyki i chemii, wysuszał coraz bardziej całe twoje jestestwo. Najpierw ulotni się smar twoich stawów i przy każdym najmniejszym poruszeniu będziesz zgrzytał i skrzypiał okropnie, mój biedaku! Następnie, gdy czerep rozpali ci się od żaru, zobaczysz wirujące kręgi rozmaitych barw, ale nie będzie to podobne bynajmniej do oglądania tęczy, ponieważ...

— Zamilknij wreszcie, ty męczyduszo! — wykrzyknął Automateusz. — Wcale nie chcę słyszeć, co się ze mną stanie! Milcz i nie odzywaj się, rozumiesz?!

— Nie potrzebujesz tak krzyczeć. Wiesz doskonale, że dochodzi mnie każdy twój najsłabszy szept. A więc nie chcesz znać mąk swej przyszłości? Z drugiej strony pragniesz ją mieć? Cóż za nielogiczność! Dobrze, wobec tego zamilknę. Zaznaczę tylko, że postępujesz niewłaściwie, koncentrując na mnie swój gniew, zupełnie jak gdybym to ja był winien twemu godnemu pożałowania położeniu. Sprawcą nieszczęścia była, jak wiesz, burza, ja zaś jestem twym przyjacielem i uczestniczenie w oczekujących cię mękach, cały ów porozdzielany na akty spektakl cierpień i konania już teraz sprawia mi, w antycypacji, rzetelną przykrość. Strach ogarnia mię doprawdy na myśl, co będzie, kiedy olej...

— A więc nie chcesz zamilknąć? Czy też nie możesz, ty obrzydły potworze?! — zaryczał Automateusz i palnął się w ucho, w którym tkwił jego przyjaciel. — O, gdybym miał tu, pod ręką, bodaj gałązkę jakąś czy kawałek patyka, którym mógłbym cię wydłubać, natychmiast uczyniłbym to i roztrzaskał cię pod obcasem!

— Marzysz o tym, aby mnie zniszczyć? — rzekł zasmucony Wuch. — Zaiste, nie zasługujesz ani na elektroprzyjaciela, ani na żadną inną, po bratersku współczującą ci istotę!

Automateusz uniósł się z kolei nowym gniewem i tak się kłócili, przepierali i argumentowali, aż minęło południe i biedny robot, osłabły od krzyków, podskoków i wymachiwania pięściami, opadłszy z sił, spoczął na głazie i od czasu do czasu wydając tylko pełne beznadziei westchnienia, wpatrywał się w pustkę oceanu. Parę razy wziął rąbek wyglądającej zza widnokręgu chmurki za dym parowca, ale złudzenia owe rozpraszał Wuch w samym zarodku, przypominając o szansie jednego do czterystu tysięcy, co znów do skurczów rozpaczy i gniewu przywodziło Automateusza, tym bardziej że za każdym razem Wuch, jak się okazywało, miał słuszność. Wreszcie zapadło między nimi długie milczenie. Rozbitek wpatrywał się teraz w dłuższe już cienie skał, dotykające białego piasku plaży, gdy Wuch ozwał się:

— Czemu nic nie mówisz? Czy może latają ci już przed oczyma te kręgi, o których wspomniałem?

Automateusz nie raczył nawet odpowiedzieć.

— Aha! — monologował Wuch. — Więc nie tylko kręgi, ale, według wszelkiego prawdopodobieństwa, także i owo bezmyślne odrętwienie, które tak precyzyjnie udało mi się przewidzieć.

Dziwna rzecz, doprawdy, jak nierozumnym stworzeniem jest istota rozumna, zwłaszcza przyciśnięta okolicznościami. Zamknąć ją na wyspie bezludnej, gdzie musi zginąć, udowodnić, jak dwa a dwa cztery, że to nieuchronne, ukazać jej furtkę wyjścia z tej sytuacji, w którą zmierzając, uczyni jedynie możliwy użytek ze swej woli i rozumu — czy będzie za to wdzięczna? Gdzież tam, pragnie nadziei, a jeśli jej nie ma i być nie może, czepia się pozorów i woli wejść w głąb szaleństwa niż do wody, która...

— Przestań mówić o wodzie!! — zachrypiał Automateusz.

— Chodziło mi tylko o podkreślenie twych motywów irracjonalnych — odparł Wuch. — Nie namawiam cię już do niczego. To znaczy do żadnych czynów, bo jeśli chcesz umierać powoli albo raczej, nie chcąc nic robić w ogóle, bierzesz się do takiego umierania, należy tę rzecz dobrze przemyśleć. Jakże fałszywe i niemądre jest lękanie się śmierci jako stanu, który zasługuje raczej na apologię! Cóż może się równać z doskonałością nieistnienia? Zapewne, prowadząca doń agonia, jako taka, nie stanowi zjawiska atrakcyjnego, ale z drugiej strony nie było jeszcze nikogo tak słabego duchem czy ciałem, kto by jej nie wytrzymał i nie potrafił całkowicie, bez reszty i do samiuteńkiego końca skonać. Więc nie jest ona niczym godnym specjalnego wyróżnienia, jeśli należy do rzeczy, które potrafi byle słabeusz, osioł i huncwot. Co więcej, jeśli każdy może dać jej radę (a przyznasz chyba, że tak jest, ja przynajmniej nie słyszałem o nikim, komu by nie starczyło na nią sił), to lepiej porozkoszować się myślą o wszechłaskawej nicości, która rozpościera się tuż za jej progiem. Ponieważ, skonawszy, niepodobna myśleć, jako że śmierć i myślenie nawzajem się wykluczają, kiedyż, jeśli nie za życia jeszcze, godzi się roztropnie i dokładnie przedstawić sobie te wszystkie przywileje, wygody i przyjemności, jakimi obsypie cię śmierć?! Pomyśl tylko, proszę: żadnych zmagań, trwóg ani lęków, żadnych cierpień ducha ni ciała, żadnych złych przygód, i to w jakiej skali! Choćby się wszystkie złe moce związały i sprzysięgły przeciwko tobie, nie dosięgną cię! O, doprawdy, niezrównane jest słodkie bezpieczeństwo umarłego! A jeśli jeszcze dodać, że nie jest ono niczym przelotnym, nietrwałym, przemijającym, że nic nie może odwołać go ani naruszyć, wówczas niezrównany zachwyt...

— A bodajeś sczezł — doszedł go słaby głos Automateusza, a tym słowom lakonicznym zawtórowało krótkie, lecz dosadne przekleństwo.

— Jakże mi przykro, że to niemożliwe! — natychmiast odparł Wuch. — Nie tylko względy egoistycznej zazdrości (bo nie ma nic ponad śmierć, jak właśnie mówiłem), ale najczystszy altruizm skłania mnie do towarzyszenia ci w nicość. Wszelako nie da się tego zrobić, ponieważ mój wynalazca sporządził mnie niezniszczalnym, pewno ze względu na swe konstruktorskie ambicje. Doprawdy, gdy pomyślę, że będę tkwił wewnątrz twego zaskorupiałego od soli morskiej, wyschłego zewłoku, którego rozpad na pewno będzie szedł powoli, że będę tak siedział i gadał do samego siebie, ogarnia mnie smutek. A ile się potem naczekam, zanim przybędzie wreszcie ów, pierwszy z czterechset tysięcy, statek, który, zgodnie z rachunkiem prawdopodobieństwa, natknie się w końcu na tę wysepkę...

— Co?! Ty nie zmarniejesz tu?! — zawołał wyrwany tymi słowami Wucha z odrętwienia Automateusz. — Więc ty będziesz żył, podczas kiedy ja... O! Niedoczekanie! Nigdy! Nigdy!! Nigdy!!!

I z przeraźliwym rykiem porwawszy się na nogi, jął skakać, potrząsać głową, ze wszech sił dłubać w uchu, wyczyniając przy tym najdziwaczniejsze podrygi i rzuty całym ciałem — daremnie jednak. Podczas tego wszystkiego Wuch piszczał co siły:

— Ależ przestań! Co, czy już oszalałeś? Chyba za wcześnie na to! Uważaj, zaszkodzisz sobie! Jeszcze ci się coś złamie lub zwichnie! Uważaj na kark! Przecież to nie ma sensu! Co innego, gdybyś mógł od razu, wiesz... ale w ten sposób tylko się okaleczysz! No, mówię ci, że jestem niezniszczalny i kwita, niepotrzebnie się więc męczysz! Nawet gdybyś mnie wytrząsnął, nie zdołasz uczynić mi nic złego, to jest dobrego, chciałem powiedzieć, bo wszak zgodnie z tym, co już tak szeroko przedstawiłem, śmierć jest czymś godnym zazdrości. Au! Przestań wreszcie! Jak można tak skakać!

Automateusz jednak miotał się dalej, nie zważając na nic, i doszedł do tego, że jął trykać głową głaz, na którym przedtem siedział. I walił nią tak, z iskrami w oczach i dymkiem prochowym w nozdrzach, ogłuszany siłą własnych ciosów, aż Wuch wyleciał nagle z jego ucha i potoczył się między kamienie, ze słabym okrzykiem ulgi, że się to wreszcie skończyło. Automateusz nie od razu dostrzegł, jak skuteczne okazały się jego wysiłki. Osunąwszy się na rozpalone słońcem kamienie, spoczywał na nich dobrą chwilę, aż, niezdolny jeszcze ruszyć ręką czy nogą, wymamrotał:

— To nic, to tylko przejściowe osłabienie. Ale już ja cię wytrzęsę, już ja cię wezmę pod obcas, mój ty przyjacielu kochany, czy słyszysz? Słyszysz? Hej! A to co?!

Usiadł nagle, bo poczuł pustkę w uchu. Rozejrzał się nie całkiem przytomnie, stanął na kolanach i jął gorączkowo szukać Wucha, przetrząsając drobny żwir.

— Wuchu! Wuchuuu!!! Gdzie jesteś? Odezwij się!! — wołał przy tym przeraźliwie.

Wuch wszakże, czy to z przezorności, czy z jakiejś innej przyczyny, nawet nie pisnął. Automateusz jął więc wabić go z kolei najczulszymi słowy, zapewniał, że odmienił już zdanie, że jedynym jego życzeniem jest pójść za dobrymi radami elektroprzyjaciela i utopić się, pragnie tylko przedtem wysłuchać ponownie pochwały śmierci. Ale i to nie dało rezultatu, Wuch milczał jak zaklęty. Wtedy rozbitek, klnąc w żywy kamień, jął systematycznie przetrząsać cal po calu całe otoczenie. Nagle, zamierzając już odrzucić precz garstkę żwiru, Automateusz przybliżył ją do oczu i zatrząsł się z przewrotnej uciechy, ujrzał bowiem wśród kamyczków Wucha, który lśnił sobie matowym, spokojnym blaskiem metalicznego ziarenka.

— A! Jesteś, mój robaczku! Jesteś, przyjacielska kruszyno! Mam cię, mój ty drogi, wiecznotrwały! — zasyczał, ściskając uważnie między palcami Wucha, który ani zipnął. — No, zaraz zobaczymy, jak to tam jest z tą twoją solidnością, z tą wiekuistością wykonania, zaraz ją sprawdzimy. Masz!!!

Tym słowom towarzyszyło potężne uderzenie obcasem; położywszy elektroprzyjaciela na powierzchni głazu, Automateusz skoczył nań całym swym ciężarem i dla pewności obrócił się jeszcze na podkutej pięcie, aż zazgrzytało. Wuch się nie odezwał, tylko głaz zachrobotał niby pod stalowym wiertłem; pochyliwszy się, Automateusz ujrzał, że ziarenko było nienaruszone, jedynie skała pod nim nieco się wyszczerbiła. Wuch leżał teraz w jej malutkim zagłębieniu.

— Co, takiś mocny? Zaraz znajdziemy twardszy kamień! — warknął i jął biegać po całej wysepce, wyszukując co najpotężniejsze krzemienie, bazalty i porfiry, aby rozdeptać na nich Wucha. Tłukąc go obcasami, zarazem przemawiał doń z udanym spokojem lub obrzucał go obelgami, jakby liczył na to, że ów odpowie, a może nawet uderzy w błagania i prośby.

Wuch milczał wszakże jak zaklęty. Powietrze niosło tylko pogłos tępych razów, deptania, kruszących się kamieni i sapliwych przekleństw Automateusza. Przekonawszy się po dłuższym czasie, że Wuchowi naprawdę nie szkodzą najstraszliwsze ciosy, Automateusz, rozgorączkowany i osłabły, ponownie usiadł na brzegu z elektroprzyjacielem w garści.

— Jeżeli nawet nie uda mi się ciebie rozgnieść — rzekł ze sztucznym opanowaniem, w którym drżała skrywana wściekłość — to bądź spokojny, że się tobą zaopiekuję, jak należy. Na ten okręt będziesz sobie musiał poczekać, mój kochany, bo cisnę cię w głąb morza i poleżysz tam aż do siódmej nieskończoności. Będziesz miał moc czasu na przemiłe rozmyślania w samotności tak hermetycznej! Nie zyskasz nowego przyjaciela, już ja się o to postaram!

— Mój ty poczciwcze — odezwał się znienacka Wuch — i cóż mi zaszkodzi pobyt na dnie morskim? Rozumujesz kategoriami istoty nietrwałej, stąd twoje omyłki. Przecież, zrozum to, albo morze wyschnie kiedyś, albo pierwej całe dno jego wydźwignie się jako góra i stanie się lądem. Czy to nastąpi za sto tysięcy lat, czy za miliony — nie ma dla mnie znaczenia. Nie tylko jestem niezniszczalny, ale i nieskończenie cierpliwy, jak winieneś był zauważyć, choćby po spokoju, z jakim znosiłem objawy twego zaślepienia. Więcej ci powiem: nie odpowiadałem na twe wołania, pozwalając siebie szukać, bo chciałem ci oszczędzić daremnej fatygi. Milczałem też, gdyś po mnie skakał, aby niebacznym słowem nie wzmóc twej zaciekłości, boby ci to jeszcze mogło zaszkodzić.

Zadrżał Automateusz, słysząc to szlachetne wyznanie, z nowo zbudzonej wściekłości.

— Rozdepczę cię! W proch cię zetrę, ty łajdaku!! — ryknął i obłędny taniec po głazach, skoki, ciosy i przytupywanie na miejscu rozpoczęły się od nowa. Tym razem jednak akompaniowały im życzliwe popiskiwania Wucha:

— Nie wierzę, by ci się udało, ale próbuj! Proszę! Jeszcze go raz! Nie tak, bo zbyt szybko się umęczysz! Razem nogi! I hop — w górę! I hopsa-sa! Hopsa-sa! Skacz wyżej, powiadam, to i siła uderzenia wzrośnie! Nie możesz już? Doprawdy? Co, nie potrafisz? O, to, to właśnie! Wal kamieniem z góry! O, tak! Może weźmiesz inny? Czyżby nie było większego? Jeszcze raz! Łupu-cupu, przyjacielu drogi! Jaka szkoda, że nie jestem w stanie ci pomóc! Czemu przestałeś? Czyżbyś się wyzbył sił tak prędko? Jaka szkoda... No, ale to nic... Zaczekam, odpocznij sobie! Niech cię wiaterek ochłodzi...

Automateusz zwalił się z rumorem na kamienie i wpatrywał się z płomienną nienawiścią w leżące na rozwartej dłoni metalowe ziarno, słuchając, chcąc czy nie chcąc, jak przemawiało:

— Gdybym nie był twym elektroprzyjacielem, powiedziałbym, że postępujesz haniebnie. Okręt zatonął wskutek burzy, wyratowałeś się ze mną, służyłem ci poradą, jak umiałem, a kiedy nie obmyśliłem ratunku, gdyż to niemożliwe, uwziąłeś się, za słowa szczerej prawdy i rady, by mnie zniszczyć — mnie, jedynego twego towarzysza. Co prawda w ten sposób odzyskałeś przynajmniej jakiś cel w życiu, więc choćby za to winieneś mi wdzięczność. Ciekawe, że też myśl o moim przetrwaniu wydaje ci się tak nienawistna...

— To się dopiero pokaże, czy przetrwasz! — zazgrzytał półgębkiem Automateusz. — Jeszcze się nie rzekło ostatniego słowa.

— Nie, ty doprawdy jesteś paradny. Wiesz co? Spróbuj położyć mnie na klamrze twego pasa. Jest stalowa, a stal chyba twardsza od głazów. Możesz spróbować, chociaż osobiście przekonany jestem, że i to na nic, ale rad bym ci jakoś pomóc...

Automateusz, jakkolwiek z pewnym ociąganiem, poszedł w końcu za tą radą, ale tylko tego dokonał, że powierzchnia klamry pokryła się drobnymi dołeczkami pod wpływem zaciekłych razów. Kiedy nie zaszkodziły nawet najbardziej rozpaczliwe ciosy, Automateusz popadł w prawdziwie czarną melancholię i, zrozpaczony, wyzuty z sił, patrzał tępo na metalową drobinę, która cienko doń przemawiała:

— A to mi rozumna istota, dalibóg! Popada w otchłań stroskania, bo nie może zetrzeć z powierzchni ziemi jedynej bratniej istoty w całym tym martwym obszarze! Powiedz, czy ci nie wstyd choć trochę, mój Automateuszku?

— Milcz, śmieciu gadatliwy! — syknął rozbitek.

— Dlaczego mam milczeć? Widzisz, gdybym źle ci życzył, zamilkłbym już dawno, ale wciąż jestem twoim elektroprzyjacielem. Będę ci też towarzyszył w mękach konania jako druh niezłomny, choćbyś się na głowie postawił, a ty nie wrzucisz mnie do morza, luby, albowiem zawsze lepiej jest mieć publiczność. Będę zatem publicznością twej agonii, która przez to na pewno wypadnie lepiej niż w skrajnym osamotnieniu; ważne są uczucia, mniejsza o to, jakie. Nienawiść do mnie, twego prawdziwego przyjaciela, wesprze cię, uczyni odważniejszym, uskrzydli twą duszę, nada jękom brzmienie czyste i przekonywające, usystematyzuje też drgawki i ład wprowadzi w każdą z ostatnich twoich chwil, a to przecie niemało... Co do mnie, obiecuję, że będę mówił niewiele i nie komentował niczego, bo gdybym postępował inaczej, jeszcze bym niechcący mógł roztrzaskać cię takim nadmiarem przyjaźni, którego byś nie zniósł, gdyż, po prawdzie, paskudny masz charakter. Ja wszakże i temu podołam, albowiem dobrocią odpowiadając na złość, unicestwię cię, w ten sposób zaś wybawię cię od siebie samego — z przyjaźni, powtarzam, nie z zaślepienia, gdyż sympatia nie zamyka mi oczu na ohydę twej natury... — Słowa te przerwał ryk, który nagle wyrwał się z piersi Automateusza.

— Okręt! Okręt!! Okręt!!! — wrzeszczał nieprzytomnie i zerwawszy się, jął biegać po brzegu w obie strony, ciskać do wody kamienie, wymachiwać z całych sił rękami, a przede wszystkim wydzierać się wniebogłosy aż do całkowitego zachrypnięcia — niepotrzebnie zresztą, okręt bowiem wyraźnie zmierzał w stronę wysepki i wnet wysłał ku niej ratunkową szalupę.

Jak się potem okazało, kapitan okrętu, który wiózł był Automateusza, tuż przed zatonięciem zdążył jeszcze wysłać radiotelegram wzywający pomocy, dzięki czemu cały obszar morski przetrząsały liczne statki, a jeden z nich dotarł właśnie do wysepki. Gdy szalupa z marynarzami wpłynęła na płytką wodę u brzegu, Automateusz z początku chciał wskoczyć do niej sam, ale po namyśle wrócił biegiem po Wucha, bał się bowiem, że ten podniesie krzyk, który usłyszą przybyli, to zaś mogłoby doprowadzić do niemiłych pytań, a może i oskarżeń rzucanych przez elektroprzyjaciela. By tego uniknąć, porwał Wucha, a nie wiedząc, jak i gdzie go schować, czym prędzej wetknął go sobie na powrót do ucha. Nastąpiły wylewne sceny powitania i dziękczynienia, podczas których Automateusz zachowywał się bardzo hałaśliwie, bał się bowiem, że któryś z marynarzy posłyszy głosik Wucha. Elektroprzyjaciel mówił bowiem przez cały czas, powtarzając: — No, no, to było doprawdy nieoczekiwane! Wypadek jeden na czterysta tysięcy... Ale też szczęściarz z ciebie! Mam nadzieję, że stosunki między nami ułożą się teraz wybornie, tym bardziej iż nie odmówiłem ci niczego w najtrudniejszych chwilach, poza tym jestem dyskretny i co było, a nie jest, nie pisze się w rejestr!

Kiedy okręt przybił po długiej żegludze do brzegu, Automateusz zadziwił nieco otoczenie, wyrażając niezrozumiałą dla nikogo chęć zwiedzenia pobliskiej huty, w której pracował wielki młot parowy. Opowiadano, że zachowywał się podczas zwiedzania dosyć osobliwie, albowiem podszedłszy do stalowego kowadła w ogromnej hali, jął z całej siły rzucać głową, jakby chciał sobie wytrząść mózg z ucha na podstawioną rękę, a nawet podskakiwał na jednej nodze, obecni udali wszakże, że tego nie dostrzegają, gdyż uważali, że osoba wyratowana tak niedawno z przeraźliwej opresji może przejawiać niewytłumaczalne ekstrawagancje, wywołane naruszeniem umysłowej równowagi. Co prawda i później Automateusz odmienił dawniejszy tryb życia, popadłszy najwidoczniej w zmieniające się manie. To zbierał jakieś środki wybuchowe, a nawet próbował dokonać eksplozji w swym mieszkaniu, co udaremnili sąsiedzi, zwracając się do władz, to znowu jął ni z tego, ni z owego kolekcjonować młoty i pilniki karborundowe, a znajomym opowiadał, iż zamierza zbudować nowy typ maszyny do czytania myśli. Stał się później samotnikiem i nabrał zwyczaju głośnego rozmawiania z samym sobą, a czasem słychać było, jak biegając po domu, głośno monologuje, a nawet wykrzykuje słowa podobne do przekleństw.

Wreszcie, po wielu latach, popadłszy w nową obsesję, zaczął skupować całymi workami cement. Utoczył z niego ogromną kulę, a gdy stwardniała, wywiózł ją w niewiadomym kierunku. Opowiadano, jakoby wynajął się na stróża przy opuszczonej kopalni i w jej szyb strącił pewnej nocy ogromny kloc betonowy, a potem do końca swych dni krążył po okolicy i nie było takiego śmiecia, którego nie zbierałby, aby je ciskać w głąb pustego szybu. Istotnie, przejawiał obyczaje dosyć niezrozumiałe, ale większość owych plotek nie zasługuje chyba na wiarę. Trudno uwierzyć, aby przez całe lata nosił jeszcze w sercu urazę do elektroprzyjaciela, któremu tak wiele przecież zawdzięczał.

Król Globares i mędrcy

Globares, pan Eparydy, wezwał raz przed swoje oblicze trzech największych mędrców i rzekł do nich:

— Zaprawdę, okropny jest los króla, który poznał wszystko, co można poznać, tak że to, co do niego mówią, brzmi pusto jak pęknięty dzban! Pragnę się zadziwić, a jestem nudzony, łaknę wstrząśnienia, a słyszę jałowe bajędy, żądam niezwykłości, a częstują mnie płaskimi pochlebstwami. Wiedzcie, o, mędrcy, że kazałem dzisiaj ściąć wszystkich moich trefnisiów i błaznów, na równi z radcami tajnymi i jawnymi, i ten sam los czeka was, jeśli nie wypełnicie mego rozkazu. Niechaj każdy opowie mi najdziwniejszą historię, jaką zna, a jeśli nie pobudzi mnie do śmiechu ani do płaczu, nie oszołomi ani nie zatrwoży, nie zabawi i nie zmusi do zastanowienia — straci głowę!

Król skinął i mędrcy usłyszeli stalowy krok siepaczy, którzy otoczyli ich u stóp tronu, a ich obnażone miecze błyszczały jak płomień. Zatrwożyli się i trącali łokciami, żaden bowiem nie chciał się narazić na gniew królewski i nadstawić głowy pod katowski cios. Aż rzekł pierwszy:

— Królu i panie! Najdziwniejsza w całym Kosmosie widzialnym i niewidzialnym jest bez wątpienia historia plemienia gwiezdnego, które zwane jest w kronikach Opackim. Od zarania swych dziejów czynili Opakowie wszystko odwrotnie niż jakiekolwiek istoty rozumne. Przodkowie ich osiedlili się na Urdrurii, planecie słynącej z wulkanów; co rok rodzi ona łańcuchy gór i wstrząsają nią wtedy straszliwe kurcze, od których nic nie ustoi. Aby zaś biedę ich uczynić pełną, spodobało się niebiosom przecinać ich globem wielki Prąd Meteorów; ten przez dwieście dni w roku grzmi o planetę stadami kamiennych taranów. Opakowie (którzy podówczas jeszcze się tak nie nazywali) wznosili budowle z hartownego żelaza i stali, a sami obijali się taką ilością stalowych arkuszy, że byli podobni do pancernych kopców chodzących. Wszelako otwierający się podczas trzęsień grunt połykał ich stalowe grody, a młoty meteorów miażdżyły im pancerze. Gdy zguba zagroziła całemu ludowi, mędrcy jego zebrali się dla rady i rzekł pierwszy: „Nie ostanie się nasz lud w obecnej postaci i nie masz innego zbawienia poza transmutacją. Ziemia otwiera się od spodu szczelinami, więc aby nie wpaść tam, każdy Opak musi posiadać szeroką i płaską podstawę, meteory znów lecą z góry, każdy zatem musi się stać u szczytu ostrokończysty. Jeżeli będziemy stożkowaci, nie zagrozi nam nic".

I rzekł drugi: „Nie tak trzeba uczynić. Jeśli ziemia otworzy paszczę szeroko, pochłonie i stożek, a spadający skośnie meteor przebije mu boki. Idealna będzie postać kuli. Bo gdy grunt pocznie drżeć i falować, kula zawsze odtoczy się sama, a meteor padający trafi obły bok i omsknie się; winniśmy się więc tak przeistoczyć, aby się potoczyć w lepszą przyszłość".

I rzekł trzeci: „Kula może tak samo ulec zmiażdżeniu lub pochłonięciu jak każdy kształt materialny. Nie ma tarczy, której nie przebije miecz dość potężny, ani miecza, który się na twardej tarczy nie wyszczerbi. Materia, o, bracia, jest wieczną zmianą, płynnością i przekształceniem, jest ona nietrwała i nie w niej powinny zamieszkać istoty prawdziwie rozumem się szczycące, lecz w tym, co niezmienne, wieczne i doskonałe, chociaż doczesne!"

„A co to jest?" — spytali tamci mędrcy.

„Nie powiem wam inaczej aniżeli czynem!" — odparł trzeci. I na ich oczach jął się rozbierać; zdjął szatę wierzchnią, nabijaną kryształami, i drugą, złotolitą, i spodnią, srebrną, zdjął wierzch czerepu i piersi, a potem rozbierał się coraz szybciej i coraz drobniej, od przegubów przeszedł do złączy, od złączy do śrub, od śrub do druciczków, do okruszyn, aż imał się atomów. I jął ów mędrzec łuskać swe atomy i łuskał je tak chyżo, że nie było widać nic oprócz jego topnienia i znikania, lecz postępował tak zręcznie i spieszył się tak bardzo, że w trakcie owych ruchów rozbiorczych, na oczach rażonych zdumieniem innych mędrców, został jako doskonała nieobecność, która jest właśnie odwróceniem tak wiernym, że obecnym. Tam bowiem, gdzie poprzednio miał jeden atom, teraz nie miał tego jednego atomu, gdzie było ich przed mgnieniem sześć, pojawił się brak sześciu, gdzie była śrubka, pojawił się brak śrubki, doskonale wierny i niczym się od niej nie różniący. A w taki sposób stawał się próżnią, uporządkowaną tak samo, jak poprzednio była uporządkowana jego pełnia; i był jego niebyt bytem nie zakłóconym, albowiem tak szybko działał i tak zręcznie manewrował, aby żadna cząstka, żaden materialny intruz nie pokalał wtargnięciem doskonałej jego nieobecności obecnej! I widzieli go inni jako pustkę uformowaną tak, jak on był przed chwilą, poznawali jego oczy po nieobecności barwy czarnej, jego twarz po braku lśnienia błękitnego, a jego członki po znikłych palcach, przegubach i naramiennikach! „W taki to sposób, o bracia — rzekł Obecny Nieobecny — poprzez wcielenie się czynne w nicość, zdobędziemy nie tylko potężną odporność, ale i nieśmiertelność. Bo tylko materia zmienia się, a nicość nie towarzyszy jej na drodze ciągłej niepewności, dlatego perfekcja mieszka w niebycie, nie w bycie, i należy stać się pierwszym, a nie drugim!"

Jak postanowili, tak uczynili. Odtąd są Opakowie plemieniem niezwalczonym. Żywot swój zawdzięczają nie temu, co w nich jest, bo w nich nic nie ma, jeno temu, co ich otacza. I kiedy któryś wchodzi do domu, jest widomy jako domowa niebytność, a jeśli wstępuje w mgłę — jako jej brak lokalny. Wypędziwszy z siebie chwiejną losów zmiennych materię, niemożliwe uczynili możliwym...

— A w jakiż to sposób podróżują oni przez pustkę kosmiczną, mój mędrcze? — spytał Globares.

— Tego jednego nie mogą, o, królu, gdyż pustka zewnętrzna zwarłaby się z ich własną i przestaliby istnieć jako nieistnienia skupione lokalnie. Dlatego muszą też czuwać nieustannie nad czystością swego niebytu, nad próżnią swych jestestw, i na stróżowaniu takim płynie im czas — a zwą ich także Nicościowcami lub Neantami...

— Mędrcze — rzekł król — jest to historia niemądra, jak bowiem można zastąpić materialną różnorodność jednorodnością tego, czego nie ma? Czy tym samym jest skała, co dom? A przecież brak skały może przybrać taką samą formę, jak brak domu, przeto jedno i drugie staje się jak gdyby tym samym.

— Panie — bronił się mędrzec — są różne rodzaje nicości...

— Zobaczymy — rzekł król — co się stanie, kiedy każę ci ściąć głowę: czy jej nieobecność stanie się obecnością, jak myślisz? — Tu zaśmiał się obrzydle monarcha i dał znak siepaczom.

— Panie! — wołał chwycony już ich stalowymi garściami mędrzec. — Raczyłeś się roześmiać, historia moja obudziła więc twą wesołość, zgodnie z daną obietnicą winieneś mi więc darować życie!

— Nie, to ja sam siebie rozweseliłem — rzekł król. — Chyba że przyłączysz się do mego konceptu: jeżeli zgodzisz się dobrowolnie na ścięcie, ta zgoda rozweseli mnie i wtedy stanie się po twojej myśli.

— Zgadzam się! — krzyknął mędrzec.

— A więc ścinajcie go, skoro sam o to prosi! — rzekł król.

— Ależ, panie, zgodziłem się po to, abyś mnie nie ściął...

— Jeśli zgadzasz się, trzeba cię ściąć — wyjaśnił król. — A jeśli się nie zgadzasz, nie rozweselisz mnie, a przeto i wtedy trzeba cię ściąć...

— Nie, nie, na odwrót! — zawołał mędrzec. — Jeżeli zgadzam się, ty, rozweselony, masz darować mi życie, a jeśli się nie zgadzam...

— Dosyć! — rzekł król. — Kacie, czyń swą powinność!

Błysnął miecz i głowa mędrca spadła.

Po chwili martwego milczenia odezwał się drugi z mędrców:

— Królu i panie! Najdziwniejszym ze wszystkich plemion gwiazdowych jest bez wątpienia lud Poliontów, czyli Wielowców, zwanych także Mnogistami. Każdy z nich ma wprawdzie tylko jedno ciało, ale za to tym więcej nóg, im wyższy piastuje urząd. Co się zaś głów tyczy, mają je od wypadku do wypadku; każdy urząd obejmuje się u nich wraz z odpowiadającą mu głową, rodziny ubogie posiadają pospołu tylko jedną głowę, bogacze natomiast gromadzą w skarbcach różne, na wszelkie okoliczności: mają tedy głowy poranne i wieczorne, strategiczne na wypadek wojny i szybkościowe, gdyby im się spieszyło, jak również głowy zimno-roztropne, wybuchowe, namiętne, weselne, miłosne, żałobne, a przeto wyekwipowani są na każdą życiową okoliczność.

— Czy to już wszystko? — spytał król.

— Nie, panie! — odparł mędrzec, widząc, że już z nim źle. — Wielowcy miano swe biorą i stąd, że wszyscy są przyłączeni do swego władcy, i to tak, że gdyby ich większość uznała działania królewskie za szkodliwe dla dobra ogólnego, władca ów traci spoistość i rozsypuje się na kawałki...

— Trywialny koncept, by nie rzec — króloburczy! — rzekł ponuro Globares. — Skoroś sam, mędrcze, tyle mówił o głowach, może mi powiesz, co sądzisz: czy każę cię teraz ściąć, czy nie każę?

Jeśli powiem, że każe — szybko pomyślał mędrzec — uczyni to, bo jest źle dla mnie usposobiony. Jeżeli powiem, że nie każe, zaskoczę go, a jeśli się zdziwi, będzie musiał puścić mnie wolno, według obietnicy. — I rzekł:

— Nie, panie, nie każesz mnie ściąć.

— Omyliłeś się — rzekł król. — Kacie, czyń swą powinność!

— Ależ, panie! — wołał mędrzec, już w uścisku katów — zalim cię nie zaskoczył mymi słowami? Czyś nie przypuszczał raczej, iż powiem, że każesz mnie ściąć?

— Słowa twoje nie zaskoczyły mnie — odparł król — bo dyktował je strach, który masz wypisany na twarzy. Dosyć! Precz z tą głową!

I zadźwięczawszy, potoczyła się po posadzce głowa drugiego mędrca. Trzeci, najstarszy ze wszystkich, patrzał na ową scenę w całkowitym spokoju. Gdy zaś król ponownie zażądał zadziwiającej opowieści, rzekł:

— Królu! Mógłbym ci opowiedzieć historię prawdziwie niezwykłą, lecz tego nie zrobię, bo zależy mi bardziej na tym, aby cię uczynić szczerym, niż na tym, aby cię zadziwić. Zmuszę cię bowiem do tego, abyś mnie ściął nie pod lichym pretekstem tej zabawy, w jaką usiłujesz obrócić zabijanie, ale w sposób właściwy twej naturze, która, choć okrutna, nie waży się czynić tego, co jej miłe, bez przywdziewania maski fałszów. Chciałbyś nas bowiem ściąć, aby potem mówiono, że król zgładził głupców, nad stan zwących się mędrcami. Ja jednak życzę sobie, aby mówiono prawdę, i dlatego będę milczał.

— Nie, nie dam cię teraz katu — rzekł król. — Rzetelnie i szczerze pragnę niezwykłego przeżycia. Chciałeś mnie rozgniewać, ale umiem poskromić mój gniew aż do czasu. Powiadam ci: mów, a uratujesz, być może, nie tylko siebie. To, co powiesz, może graniczyć nawet z obrazą majestatu, której się już zresztą dopuściłeś, ale tym razem musi to być obraza tak monstrualna, aby stała się już pochlebstwem, które znów przez swe rozmiary zmienia się w zniewagę! Próbuj zatem, za jednym zamachem, równocześnie wywyższyć i poniżyć, powiększyć i pomniejszyć swego króla!

Nastała cisza, w której obecni dokonywali drobnych poruszeń, jakby próbując, jak mocno trzymają się jeszcze głowy na ich karkach.

Trzeci mędrzec zdawał się namyślać głęboko. Wreszcie rzekł:

— Królu, spełnię twoje życzenie i wyjawię ci, czemu to uczynię. Zrobię to dla wszystkich tu obecnych, dla siebie, ale i dla ciebie, aby po latach nie powiedziano, że był król, który kaprysem swoim zniszczył w państwie mądrość; jeżeli nawet tak jest jeszcze w tej chwili, jeśli twoje życzenie nie znaczy prawie nic lub nic, moją rzeczą jest nadać twej przelotnej zachciance wartość, uczynić ją czymś znacznym i trwałym — i dlatego będę mówił...

— Starcze, dość już tego wstępu, który znowu graniczy z obrazą majestatu, nie sąsiadując wcale z pochlebstwem — rzekł gniewnie król. — Mów!

— Królu, nadużywasz władzy — odparł mędrzec — wszelako nadużycia twoje są niczym wobec tych, jakie stały się udziałem nie znanego ci, zamierzchłego przodka, a zarazem założyciela dynastii Eparydów. Ów praprapradziad twój, Allegoryk, także nadużywał był władzy monarszej. Aby wyjaśnić największe, jakiego się był dopuścił, proszę cię, abyś zechciał spojrzeć na ten nocny nieboskłon, który widać w górnych oknach sali pałacowej.

Król spojrzał w niebo, rozgwieżdżone i czyste, a starzec ciągnął powoli:

— Patrz i słuchaj! Wszystko, cokolwiek istnieje, bywa przedmiotem drwin. Nie ostoi się wobec nich żadna godność, wiadomo bowiem, że ten i ów śmie podrwiwać nawet z królewskiego majestatu. Śmiech uderza w trony i państwa. Jedne ludy drwią z innych lub z samych siebie. Bywało, że wyszydzano to nawet, co nie istnieje — czyż nie śmiano się z mitycznych bogów? Nawet zjawiska pełne powagi, ba, tragiczne, bywają przedmiotem żartów. Dość wspomnieć o humorze cmentarnym, o pokpiwaniu ze śmierci i nieboszczyków. Zresztą szyderstwo nie zatrzymało się w atakach i wobec ciał niebieskich. Weźmy choćby słońce lub księżyc. Księżyc bywa przedstawiany jako chytry chudzielec z rogatą czapką błazeńską i wystającym jak sierp podbródkiem, słońce zaś jako pyzaty, poczciwy grubas w rozczochranej aureoli. A jednak, choć przedmiotem kpin jest zarówno królestwo życia, jak i śmierci, zarówno rzeczy małe, jak wielkie, jest coś, czego nikt dotąd nie ośmielił się wyszydzić ani wyśmiać. Przy tym owa rzecz nie należy do rzędu takich, o których dałoby się zapomnieć, które ujść mogą uwagi, albowiem idzie o wszystko, co istnieje, to znaczy o Kosmos. Jeżeli zaś zastanowisz się nad tym, królu, pojmiesz, jak bardzo jest Kosmos śmieszny...

W tym miejscu po raz pierwszy zdziwił się król Globares i z rosnącym skupieniem słuchał słów mędrca, który mówił:

— Kosmos składa się z gwiazd. Brzmi to dość poważnie, ale kiedy rozważymy rzecz głębiej, trudno nie powściągnąć uśmiechu. W samej istocie — czym są gwiazdy? Kulami ognistymi, zawieszonymi wśród wiekuistej nocy. Obraz z pozoru patetyczny. Czy przez swą naturę? Bynajmniej, tylko wskutek rozmiarów. Rozmiary nie mogą jednak samo przesądzić wagi zjawiska. Czy bazgroły kretyna, przeniesione z kartki papieru na rozległą równinę, staną się przez to czymś doniosłym?

Głupstwo rozmnożone nie przestaje być głupstwem, potęguje się tylko jego śmieszność. Kosmos to bazgranina byle jakich wielokropków! Gdziekolwiek spojrzeć, dokądkolwiek sięgnąć — nic nad to! Monotonia Kreacji wydaje się najbardziej trywialnym i płaskim konceptem, jaki można sobie wyobrazić. Kropkowane nic, i tak w nieskończoność — któż sprokurowałby rzecz tak niepomysłową, gdyby należało ją dopiero stworzyć? Chyba tylko kretyn. Wziąć, proszę, niezmierzone obszary pustki i kropkować je raz koło razu, jak popadnie — jak można takiej budowie przypisywać ład i majestatyczność? Rzuca na kolana? Chyba przez rozpacz, że nie ma od niej odwołania. Przecież to tylko wynik autoplagiatu, dokonanego na początku, a początek ów z kolei był najbezmyślniejszym aktem z możliwych, cóż bowiem można zrobić, mając przed sobą czystą kartę papieru, a w ręku pióro, i nie wiedząc, ale to nie mając najsłabszego pojęcia, czym ją wypełnić? Rysunkami? Ba, trzeba wiedzieć, co jest do narysowania. A jeśli nie ma się na uwadze nic? Jeśli jest się pozbawionym cienia imaginacji? Cóż, pióro, postawione na papierze niejako samo, mimowolnym dotknięciem zrobi kropkę. A raz postawiona kropka stworzy, w owym bezmyślnym zapatrzeniu, towarzyszącym takiej impotencji twórczej, wzór, sugestywny przez to, że oprócz niego nie ma absolutnie niczego i że najmniejszym wysiłkiem da się ów wzór powtarzać w nieskończoność. Powtarzać, ale jak? Kropki mogą się przecież złożyć na jakąś konstrukcję. Ale cóż, jeśli się i tego nie może? Nie pozostaje nic innego, jak tylko, potrząsając w takiej niemocy piórem, chlapiąc kropelkami atramentu, wypełniać ją byle jak, na oślep stawianymi kropkami.

Mówiąc to, mędrzec wziął wielką kartę papieru i umoczonym w kałamarzu piórem bryznął na nią kilkakroć, po czym dobył spod szaty mapę nieba i pokazał jedno i drugie królowi. Podobieństwo było uderzające. Miliardy kropek widniały na papierze, większych i mniejszych, bo czasem pióro chlapało obficiej, a czasem schło. A niebo na mapie przedstawiało się tak samo. Król patrzał z tronu na obie płachty papieru i milczał. A mędrzec ciągnął:

— Uczono cię, królu, że Wszechświat to budowla nieskończenie wspaniała, potężna w majestacie ogromów, przeszywanych gwiazdami. Ale spójrz, czy czcigodna ta, wszechobecna i wszechwieczna konstrukcja nie jest dziełem skrajnej głupoty, czy nie stanowi przeciwieństwa myśli i porządku? Dlaczego nikt dotąd tego nie zauważył? — spytasz. Gdyż głupstwo jest wszędzie! Ale powszechność ta tym przeraźliwiej zasługuje na drwinę, na śmiech dystansujący, gdyż śmiech taki będzie zarazem zwiastunem buntu i wyzwolenia. Niechybnie godziłoby się napisać w takim właśnie duchu Paszkwil na Wszechświat, aby to dzieło najwyższej bezmyślności otrzymało zasłużoną odprawę, aby odtąd towarzyszył mu już nie chór rozmodlonych westchnień, lecz ironiczny śmiech.

Król słuchał, osłupiały, a mędrzec podjął po chwili milczenia:

— Obowiązkiem każdego uczonego byłoby napisanie takiego Paszkwilu, gdyby nie to, że wówczas musiałby położyć palce na pierwszej przyczynie, jaka powołała do bytu ten stan godny tylko ironicznego ubolewania, zwany Universum. A stało się to, kiedy Bezmiar był jeszcze doskonale pusty i oczekiwał dopiero czynów stwórczych, świat zaś pączkujący z mniej niż nicości poprzez nicość wydał zaledwie garstkę skupionych ciał, na których sprawował władzę twój prapraprapraprzodek, Allegoryk. Zamierzył on wówczas rzecz niemożliwą i szaloną, postanowił bowiem zastąpić Naturę w jej dziele nieskończenie cierpliwym i powolnym! Postanowił on, za nią, stworzyć Kosmos obfity i pełen dziwów bezcennych. A że nie umiał uczynić tego sam, kazał zbudować maszynę najrozumniejszą, aby dokonała dzieła. Budowano tego molocha przez trzysta i jeszcze raz trzysta lat, rachuba czasu była zresztą inna wówczas niż teraz. Nie szczędzono sił ani środków i mechaniczny potwór osiągnął rozmiary i moc jakby bezgraniczne. Kiedy maszyna była gotowa, kazał ją uzurpator uruchomić. Nie przeczuwał, co właściwie czyni. Była ona, wskutek jego bezgranicznej pychy, nazbyt już wielka, a przez to mądrość jej, pozostawiwszy daleko w tyle szczyty rozumu, przekroczywszy kulminację geniuszu, stoczyła się w całkowity rozkład myślowy, w bełkotliwą ciemność odśrodkowych prądów, rozszarpujących wszelką treść, tak że owo niczym metagalaktyka poskręcane monstrum, pracując zaciekłymi obrotami, rozpełzło się duchem już na pierwszych nie wypowiedzianych słowach i z całego niby myślącego najstraszliwszym wysiłkiem chaosu, w którym gromady niedorozwiniętych pojęć obracały się wzajem w nicość, z tych skurczów, zmagań i zderzeń daremnych wysączać się jęły do posłusznych podsystemów wykonawczych kolosa jedynie pozbawione sensu znaki przestankowe! Nie była to przecież maszyna najrozumniejsza z możliwych, Kosmokreator Omnipotens, lecz nierozważną uzurpacją zrodzona ruina, która potrafiła, na znak, że była przeznaczona do rzeczy wielkich, jedynie jąkać kropki. Cóż się wówczas stało? Władca oczekiwał wszechspełnienia, potwierdzającego jego plany, najśmielsze, jakie kiedykolwiek żywiła istota myśląca, i nikt nie ważył mu się wyjawić, że stoi u źródeł bezsensownego bełkotu, agonii mechanicznej, która na świat przyszła już jako konanie. Lecz martwo posłuszne ogromy machin wykonawczych gotowe były wypełnić każdy rozkaz, więc pod takt nadawany jęły z mięsiwa materialnego wytaczać to, co w przestrzeni trójwymiarowej odpowiada dwuwymiarowemu obrazowi punktu: kule — i w ten sposób, powtarzając bezustannie jedno i to samo, aż do wyniknięcia żaru, rozpalającego tworzywo, ciskały w otchłanie pustki miot za miotem ognistych kul i w takt jąkania powstał Kosmos! Był więc prapraprapradziad twój stwórcą Wszechświata, ale zarazem był on sprawcą głupstwa, którego wielkości nic już nigdy nie dorówna. Akt bowiem unicestwienia tak poronionego dzieła na pewno będzie o wiele bardziej rozumny, a przede wszystkim — chciany i zamierzony świadomie, czego doprawdy o tamtym, o Kreacji, nie da się powiedzieć. To wszystko, co miałem ci wyjaśnić, królu, potomku Allegoryka, budowniczego światów.

Kiedy król odprawił już mędrców, obsypawszy ich łaskami, a szczególnie starca, któremu udało się za jednym zamachem przedstawić mu najwyższe pochlebstwo i największą obelgę, jeden z młodych uczonych, kiedy został w cztery oczy ze starcem, spytał go, ile prawdy mieściło się w jego opowieści.

— Co mam ci powiedzieć? — rzekł starzec. — To, co powiedziałem, nie pochodziło z wiedzy. Nauka nie zajmuje się takimi własnościami bytu, do których należy śmieszność. Nauka objaśnia świat, ale pogodzić z nim może jedynie sztuka. Cóż wiemy naprawdę o powstaniu Kosmosu? Pustkę tak obszerną można wypełniać legendami i mitami. Pragnąłem, w mitologizowaniu, dojść granic nieprawdopodobieństwa i myślę, że byłem tego bliski. Ty i tak wiesz o tym, więc chcesz tylko zapytać, czy doprawdy Kosmos jest śmieszny. Ale na to pytanie każdy musi sam sobie odpowiedzieć.

Bajka o królu Murdasie

Po dobrym królu Heliksandrze wstąpił na tron jego syn, Murdas. Wszyscy się tym zmartwili, bo był ambitny i strachliwy. Postanowił sobie zasłużyć na przydomek Wielkiego, a bał się przeciągów, duchów, wosku, bo na wywoskowanej posadzce można nogę złamać, krewnych, że w rządzeniu przeszkadzają, a najwięcej przepowiedni. Kiedy został koronowany, zaraz kazał w całym państwie zamknąć drzwi i nie otwierać okien, zniszczyć wszystkie szafy wróżące, a wynalazcy takiej maszyny, która usuwała duchy, dał order i pensję. Maszyna rzeczywiście była dobra, bo ducha nigdy nie zobaczył. Nie wychodził też do ogrodu, żeby go nie zawiało, i spacerował tylko po zamku, który był bardzo wielki. Pewnego razu, chodząc po korytarzach i amfiladach, zawędrował do starej części pałacu, dokąd nigdy jeszcze nie zaglądał. Najpierw odkrył salę, w której stała gwardia przyboczna jego prapradziadka, cała nakręcana, jeszcze z czasów, kiedy nie znano elektryczności. W drugiej sali ujrzał rycerzy parowych, też zardzewiałych, ale nie było to dlań nic ciekawego, i już chciał wracać, gdy zauważył małe drzwiczki z napisem: „Nie wchodzić". Pokrywała je gruba warstwa kurzu i nawet by ich nie dotknął, gdyby nie ten napis. Bardzo go oburzył. Jak to — jemu, królowi, ośmielają się czegoś zabraniać? Nie bez trudu odemknął skrzypiące drzwi i po krętych schodkach dostał się do opuszczonej baszty. Stała tam bardzo stara szafa miedziana z rubinowymi oczkami, kluczykiem i klapką. Zrozumiał, że to szafa wróżąca, i rozgniewał się znowu, że wbrew jego rozkazowi pozostawiono ją w pałacu, aż tu przyszło mu do głowy, że raz jeden można przecież spróbować, jak to jest, kiedy szafa wróży. Podszedł więc do niej na palcach, pokręcił kluczykiem, a gdy nic się nie stało, postukał w klapkę. Szafa westchnęła chrapliwie, mechanizm zazgrzytał i spojrzał na króla rubinowym oczkiem, jakby zezując. Przypomniało mu to kose spojrzenie stryja Cenandra, ojcowego brata, który dawniej był jego preceptorem. Pomyślał, że to stryj kazał pewno ustawić tę szafę, jemu na złość, bo inaczej dlaczego by zezowała? Dziwnie zrobiło mu się na duszy, a szafa, jąkając się, powolutku zagrała ponurą melodyjkę, jakby ktoś łopatą obstukiwał żelazny nagrobek, i przez klapkę wypadła czarna kartka z żółtymi jak kość rządkami pisma.

Król przeląkł się na dobre, lecz nie potrafił już opanować ciekawości. Porwał kartkę i pobiegł do swych apartamentów. Kiedy został sam, wyjął ją z kieszeni. — Popatrzę, ale tylko jednym okiem dla pewności — zadecydował i uczynił to. Na kartce było napisane:

Wybiła godzina — ścina się rodzina,
Brat brata lub ciotkę, a kuzyn kuzyna.
Bulgoce saganek — dochodzi bratanek,
Żre podagra szwagra, kat mu zaraz zagra.
Pociotek przez płotek, wujny, stryjny rojne
Idą już na wojnę, oj, będzie łoskotek.
Idzie wnuczę, idzie teść, ja cię uczę, jak ich grześć:
Lewą tnij, prawą kłuj, bo tu stryj, a tam wuj,
Niech ojczyma kto przytrzyma, w łeb pasierba,
będzie szczerba.
Leży zięć, grobów pięć, pada teść, mogił sześć,
Stryk dziadowi, stryk babusi, stryk stryjkowi, tak być musi,
Bo krewni, choć rzewni, tylko w ziemi pewni.
Wybiła godzina — gadzina rodzina,
Na kogo wypadnie, na tego się wspina.
Pochowaj go ładnie, sam się ukryj wszędzie,
Nie schowasz się wcześnie — pochowają we śnie.

Tak się przestraszył król Murdas, że aż mu w oczach pociemniało. Rozpaczał nad lekkomyślnością, wskutek której nakręcił wróżącą szafę. Było jednak za późno na żale, wiedział, że musi działać, by nie przyszło do najgorszego. Ani wątpił w sens proroctwa: jak dawno już podejrzewał, zagrażali mu najbliżsi krewni.

Prawdę mówiąc, nie wiadomo, czy wszystko odbyło się dokładnie tak, jak opowiadamy. W każdym razie doszło potem do wypadków smutnych, a nawet okropnych. Król kazał ściąć całą rodzinę, jeden tylko jedyny stryj jego, Cenander, uciekł w ostatniej chwili, przebrawszy się za pianolę. Nic mu to nie pomogło, został wnet schwytany i oddał głowę pod topór. Tym razem Murdas mógł podpisać wyrok z czystym sumieniem, bo stryja chwycono, kiedy brał się do spiskowania przeciwko monarsze.

Osierocony tak gwałtownie, król przywdział żałobę. Na duszy było mu już lżej, choć i smutno, bo w gruncie rzeczy nie był zły ani okrutny. Niedługo trwała pogodna żałoba królewska, przyszło bowiem Murdasowi na myśl, że może ma jakichś krewnych, o których nic nie wie. Każdy z poddanych mógł być jakimś dalekim jego pociotkiem; przez pewien czas ścinał więc tego lub owego, ale to go wcale nie uspokajało, bo nie można przecież być królem bez poddanych, a jak tu zgładzić wszystkich? Taki się zrobił podejrzliwy, że kazał się przynitować do tronu, aby go nikt zeń nie strącił, sypiał w pancernej szlafmycy i wciąż tylko myślał, co począć. Nareszcie uczynił rzecz niezwykłą, tak niezwykłą, że sam na nią chyba nie wpadł. Podobno podszepnął mu ją wędrowny przekupień, przebrany za mędrca, albo też mędrzec, przebrany za przekupnia — rozmaicie o tym mówiono. Mówią, że służba zamkowa widywała zamaskowaną postać, którą król nocą wpuszczał do swych apartamentów. Dość na tym, że Murdas wezwał pewnego dnia wszystkich nadwornych budowniczych, mistrzów elektrycerskich, nastrojczych i podblaszych, i oświadczył im, że mają powiększyć jego osobę, a to tak, by przekroczyła wszystkie horyzonty. Rozkazy te spełniono z zadziwiającą szybkością, gdyż dyrektorem biura projektów mianował król zasłużonego kata. Szeregi elektrykarzy i budowniczych jęły wnosić do zamku druty i szpule, a gdy rozbudowany król wypełnił swoją osobą cały pałac, tak że był jednocześnie z frontu, w piwnicach i oficynie, przyszła kolej na stojące w pobliżu domostwa. Po dwóch latach rozprzestrzenił się Murdas na śródmieście. Domy nie dość okazałe, a więc niegodne tego, by zamieszkała w nich myśl monarsza, równano z ziemią i na ich miejscu wznoszono pałace elektronowe, zwane wzmacniaczami Murdasa. Król rozrastał się z wolna a nieustannie, wielopiętrowy, dokładnie połączony, potęgowany podstacjami personalistycznymi, aż stał się całym miastem stołecznym i nie zatrzymał się na jego granicach. Humor mu się poprawił. Krewnych nie było, oleju ani cugów już się nie bał, bo nie potrzebował i kroku postąpić, skoro był wszędzie naraz. — Państwo to ja — powiadał nie bez kozery, gdyż oprócz niego, zaludniającego rzędami elektrycznych budowli place i aleje, nikt już nie mieszkał w stolicy; oprócz, rzecz jasna, odkurzycieli królewskich i przybocznych ścieraczy prochów; czuwali oni nad królewskim myśleniem, które płynęło z gmachu do gmachu. Tak krążyło milami po całym mieście zadowolenie króla Murdasa, że udało mu się zyskać wielkość doczesną i dosłowną, a nadto schować się wszędzie, jak nakazywała wróżba, bo był wszak wszechobecny w całym państwie. Szczególnie malowniczo przedstawiało się to o zmierzchu, kiedy król-olbrzym, jaśniejąc łuną, mrugał światłami-rozmyślaniami, a potem z wolna gasł, zapadając w zasłużony sen. Lecz ta ciemność bezpamięci pierwszych nocnych godzin ustępowała potem miejsca rozpalającemu się to tu, to tam błędnemu migotaniu chwiejnie polatujących rozbłysków. To zaczynały się wyrajać sny monarsze. Burzliwymi lawinami zwidów przepływały przez gmachy, aż w mroku zapalały się ich okna i całe ulice łyskały ku sobie na przemian światłem czerwonym i fioletowym, a przyboczni odkurzyciele, krocząc po pustych chodnikach, czując swąd rozgrzanych kabli Jego Królewskiej Mości i zaglądając chyłkiem do okien, w których się błyskało, po cichu mówili do siebie:

— Oho! Pewno jakiś koszmar trapi Murdasa — oby się tylko na nas nie skrupił!

Pewnej nocy, po dniu szczególnie pracowitym — król obmyślał bowiem nowe rodzaje orderów, jakimi zamierzał siebie odznaczyć — przyśniło mu się, że jego stryj, Cenander, zakradł się do stolicy, korzystając z ciemności, okryty czarną opończą, i krąży ulicami w poszukiwaniu popleczników, aby zawiązać ohydny spisek. Z piwnic wyłaziły szeregi zamaskowanych, a było ich tylu i taką przejawiali żądzę królobójstwa, że Murdas zadrżał i przebudził się z wielkiego strachu. Świt już nadchodził i słonko złociło białe obłoczki na niebie, więc powiedział sobie: — Sen — mara! — i zabrał się do dalszego projektowania orderów, a te, które wymyślił poprzedniego dnia, wieszano mu na tarasach i balkonach. Gdy jednak po całodziennym mozole znów ułożył się na spoczynek, ledwo zadrzemawszy, ujrzał królobójczy spisek w pełnym rozkwicie. A doszło do tego tak: kiedy Murdas przebudził się ze spiskującego snu, uczynił to niecały; śródmieście, w którym ulągł się ów antypaństwowy sen, wcale się nie ocknęło, lecz nadal spoczywało w jego koszmarnych uściskach, a tylko król na jawie nic o tym nie wiedział. Tymczasem spora część jego osoby, a mianowicie stare centrum miejskie, nie zdając sobie sprawy z tego, że stryj-zbrodzień i jego machinacje to tylko majak i przywidzenie, nadal trwała w błędzie koszmaru. Tej drugiej nocy zobaczył Murdas we śnie, jak stryj krząta się gorączkowo, skrzykując krewnych. Jawili się wszyscy co do jednego, skrzypiąc pośmiertnie zawiasami, i nawet ci, którym brakowało najważniejszych części, podnosili miecze przeciw prawowitemu władcy! Ruch panował niezwykły. Gromady zamaskowanych skandowały szeptem buntownicze okrzyki, w lochach i piwnicach szyto już czarne chorągwie rokoszu, wszędzie warzono jady, ostrzono topory, gotowano druciki-truciki i szykowano się do walnej rozprawy ze znienawidzonym Murdasem. Król przeraził się powtórnie, obudził się, drżąc cały, i chciał już wezwać Złotą Bramą Ust Królewskich wszystkie swe wojska na pomoc, by rozniosły buntowników na mieczach, ale się zaraz zreflektował, że to na nic. Wojsko nie wejdzie przecież w jego sen i nie będzie mogło rozgromić krzepnącego tam spisku. Jakiś czas próbował więc samym wysiłkiem woli przebudzić te cztery mile kwadratowe swego jestestwa, które uporczywie śniły o spisku, ale daremnie. Zresztą, prawdę mówiąc, nie wiedział: daremnie czy niedaremnie, bo kiedy czuwał, nie dostrzegał spisku, pojawiającego się dopiero, gdy morzył go sen.

Czuwając, nie miał zatem dostępu do zbuntowanych rejonów, i nic w tym dziwnego, jawa nie może bowiem wniknąć w głąb snu i wtargnąć tam potrafiłby tylko inny sen. Uznał król, że w takiej sytuacji najlepiej będzie zasnąć i wyśnić kontrsen, nie byle jaki, rozumie się, lecz monarchistyczny, oddany mu, z rozwianymi sztandarami, i takim snem koronnym, skupionym wokół tronu, zdoła dopiero w proch zetrzeć samozwańczy koszmar.

Wziął się Murdas do dzieła, ale nie mógł zasnąć ze strachu; zaczął tedy liczyć w duchu kamyczki, aż go to zmogło i zasnął. Okazało się wówczas, że sen ze stryjem na czele nie tylko obwarował się w centralnej dzielnicy, ale zaczyna sobie nawet roić arsenały, pełne potężnych bomb i min kruszących. On sam zaś, jakkolwiek się wysilał, zdołał wyśnić zaledwie jedną kompanię kawalerii, a i to spieszoną, niekarną i uzbrojoną jedynie w pokrywki od garnków. — Nie ma rady — pomyślał — nie udało mi się, trzeba zaczynać wszystko jeszcze raz od nowa! — Wziął się więc do budzenia, ciężko mu to szło, wreszcie ocknął się na dobre i wtedy straszne go tknęło podejrzenie. Czy w samej rzeczy powrócił do jawy, czy też przebywa w innym śnie, który jest tylko fałszywym pozorem czuwania? Jak postąpić w tak pogmatwanej sytuacji? Śnić czy też nie śnić? Oto jest pytanie! Powiedzmy, że nie będzie teraz śnił, czując się bezpiecznym, bo przecież na jawie nie ma żadnego spisku. Nie byłoby to złe: wtedy tamten, królobójczy sen sam się sobie wyśni i dośni do końca, aż przez ostatnie ocknięcie majestat odzyska należną jednolitość. Bardzo dobrze. Ale jeśli nie będzie śnił kontrsnów, mniemając, że przebywa sobie w zacisznej jawie, podczas kiedy ta rzekoma jawa naprawdę jest tylko innym snem, sąsiadującym z tamtym, stryjowatym, dojść może do katastrofy! W każdej bowiem chwili cała zgraja przeklętych królobójców, z obmierzłym Cenandrem na czele, może wedrzeć się z tamtego snu w ten sen, udający jawę, aby pozbawić go tronu i życia!

Zapewne — myślał — pozbawianie będzie się odbywało tylko we śnie, ale jeżeli spisek ogarnie całą moją królewską jaźń, jeśli się w niej rozpanoszy od gór po oceany, jeżeli, o zgrozo! — wcale nie będzie się już chciał nigdy więcej przebudzić, co wtedy?! Zostanę wówczas na zawsze odcięty od jawy, i stryj zrobi ze mną, co zechce. Będzie torturował, znieważał, nie mówiąc już o ciotkach; pamiętam je dobrze — nie popuszczą, choćby tam nie wiem co. Już takie są, to znaczy — były, a właściwie — znów są w tym okropnym śnie! Zresztą, co też tu mówić o śnie! Sen jest tylko tam, gdzie istnieje także jawa, do której można powrócić, ale gdzie jej nie ma (a jakże wrócę, jeśli uda im się przytrzymać mnie we śnie?), gdzie nie ma nic oprócz snu, tam on już jest jedyną rzeczywistością, a więc jawą. Okropność! Wszystko, rozumie się, przez ten fatalny nadmiar osobowości, przez tę ekspansję duchową — potrzebaż mi było tego!

Zrozpaczony, widząc, że bezczynność gotowa go zgubić, jedyny ratunek dojrzał w natychmiastowej mobilizacji psychicznej. — Trzeba koniecznie postępować tak, jakbym śnił — rzekł sobie. — Muszę wyśnić tłumy poddanych, pełne miłości i entuzjazmu, hufce do końca mi wierne, ginące z mym imieniem na ustach, moc uzbrojenia, a warto by nawet wymyślić szybko jakąś cudowną broń, bo wszak we śnie wszystko możliwe: dajmy na to, środek do wywabiania krewnych, jakieś działa przeciwstryjowe lub coś w tym rodzaju — w ten sposób będę gotów na każdą niespodziankę i jeśli spisek się pojawi, chytrze a podstępnie przeczołgując się ze snu w sen, roztrzaskam go za jednym zamachem!

Westchnął król Murdas wszystkimi alejami i placami swego jestestwa, takie to było skomplikowane, i przystąpił do dzieła, to jest zasnął. Miały we śnie stanąć czworobokami stalowe hufce, z sędziwymi generałami na czele, i tłumy wiwatujące w huku surm i litaurów, ale pojawiła się tylko maleńka śrubka. Nic — tylko zupełnie zwyczajna śrubka, trochę brzeżkiem wyszczerbiona. Co z nią począć? Rozważał tak i owak, rósł w nim zarazem jakiś niepokój, coraz większy, i omdlałość, i strach, aż błysło mu: — To rym do „trupka"!!

Zadygotał cały. A zatem symbol upadku, rozkładu, śmierci, a więc zgraja krewnych niechybnie dąży już chyłkiem, milczkiem, podkopami wydrążonymi w tamtym śnie, aby dostać się do tego snu — a on lada chwila runie w zdradziecką czeluść, przez sen pod snem wygrzebaną! Więc koniec zagraża! Śmierć! Zagłada! Ale skąd? Jak? Z której strony?!

Zabłysło dziesięć tysięcy osobistych gmachów, zatrzęsły się podstacje Majestatu, obwieszone orderami i przepasane wstęgami Wielkich Krzyży; odznaczenia te podzwaniały miarowo w nocnym wietrze, tak zmagał się król Murdas ze śnionym symbolem upadku. Wreszcie zmógł go, przesilił, aż ów sczezł tak dobrze, jakby go nigdy nie było. Bada król — gdzie jest? Na jawie czy w innych majakach? Jak gdyby na jawie, ale skąd wziąć pewność? Zresztą może być, że sen o stryju skończył się już śnić i wszelka troska jest zbędna. Ale znowuż: jak się o tym dowiedzieć? Nie ma innej rady, jak tylko snami-szpiegami, udającymi wywrotowców, przetrząsać trzeba i bez ustanku penetrować całą własną mocarstwową osobę, państwo swego jestestwa, i nigdy już król-duch nie zazna spokoju, gdyż zawsze na to będzie musiał być gotowy, że spisek śni się gdzieś w jakimś zatajonym kątku jego osobowości ogromnej! A więc dalej, nuże skrzepić wiernopoddańcze marzenia, wyśnić hołdownicze adresy i tłumne delegacje, jaśniejące duchem praworządności, atakować snami wszystkie wądoły, ciemności i rozłogi osobiste, aby się w nich żaden podstęp, żaden stryj nie mógł ukryć ani przez chwilę! Jakoż owionął go miły sercu szum sztandarów, stryja ani śladu, krewnych też nie widać, otacza go sama tylko wierność, składa mu dziękczynienia i hołdy bezustanne; słychać łoskot nadtaczanych, w złocie bitych medali, iskry strzelają spod dłut, którymi artyści pomniki mu wykuwają. Rozweseliła się w królu dusza, bo już i hafty herbowe, i dywaniki w oknach, i armaty zrychtowane do salutu, a trębacze przykładają do ust spiżowe trąby. Kiedy jednak baczniej przyjrzał się wszystkiemu, dostrzegł, że coś jakby nie tak. Pomniki — owszem, ale jakoś mało podobne, w skrzywieniu oblicza, w kosym spojrzeniu coś stryjowego. Sztandary szumiące — racja, ale ze wstążką maleńką, lecz niewyraźną, prawie czarną; jeśli nie czarna, to brudna, w każdym razie — brudnawa.

A to co znowu? Jakieś aluzje?!

Dlaboga! Przecież te dywaniki — wytarte, wprost łyse, a stryj — stryj był łysy... Nie może to być! — Wstecz! Odwrót! Zbudzić się! Zbudzić!! — pomyślał. — Trąbić pobudkę, precz mi z tego snu! — chciał wrzasnąć, lecz kiedy wszystko zniknęło, nie stało się lepiej. Zwalił się ze snu w sen, nowy, śniący się poprzedniemu, a tamten się wcześniejszemu przytrafił, więc ten obecny był już do trzeciej niejako potęgi; wszystko w nim obracało się, jawnie już, w zdradę, cuchnęło zaprzaństwem, sztandary — jak rękawiczki — z królewskich wywracały się na czarne, ordery były z gwintem, jak karki odrąbane, ze złocistych zaś trąb nie surmy buchnęły bojowe, lecz śmiech stryjowski, jak grzmot rżący mu na pohybel. Ryknął król głosem studzwonnym, krzyczał do wojska — niech go lancami bodą, aby przebudzić! — Uszczypnijcie!! — domagał się ogromnym głosem, to znów: — Jawy!! Jawy!!! — daremnie jednak; więc znowu ze snu króloburczego, przedawczykowskiego silił się w tronowy, ale namnożyło się już w nim snów jak psów, krążyły jak szczury, jedne gmachy zarażały koszmarem inne, rozbiegało się w nim półgębkiem, chyłkiem, ukradkiem, ciszkiem, nie wiadomo co, ale okropne, że nie daj Boże! Stupiętrowym gmachom elektronowym śniły się śrubki i trupki, druciki i truciki, w każdej podstacji osobistej knuła zgraja krewnych, w każdym wzmacniaczu chichotał stryj; zadrżały gmachy-strachy, sobą przerażone, wyroiło się z nich sto tysięcy krewniaków, samozwańczych pretendentów do tronu, dwulicowych infantów-podrzutków, zezowatych uzurpatorów, a chociaż żaden nie wiedział, czy jest istotą śnioną, czy śniącą, kto się komu śni, po co i co z tego wyniknie — wszyscy bez wyjątku huzia na Murdasa, aby ściąć, z tronu zdjąć, na dzwonnicy go zawiesić, na raz zabić, na dwa wskrzesić, danaż moja dana, głowa odrąbana — i tylko dlatego nic na razie nie robili, bo się nie mogli pogodzić, od czego zacząć. I tak pędziły lawinami maszkary myśli królewskich, aż łysnęło od przepięcia płomieniem. Nie śniony już, lecz najprawdziwszy ogień zażegnął złote blaski w oknach królewskiej osoby, i rozpadł się król Murdas na sto tysięcy snów, których nic już nie łączyło w jedno prócz pożaru — i palił się długo...

Jak ocalał świat

Konstruktor Trurl sporządził raz maszynę, która umiała robić wszystko na literę *n*. Kiedy była gotowa, na próbę kazał jej zrobić nici, potem nanizać je na naparstki, które też zrobiła, następnie wrzucić wszystkie do sporządzonej nory, otoczonej natryskami, nastawniami i naparami. Wykonała polecenie co do joty, ale ponieważ nie był jeszcze pewny jej działania, kolejno musiała zrobić nimby, nausznice, neutrony, nurty, nosy, nimfy i *natrium*. Tego ostatniego nie umiała i Trurl, bardzo zmartwiony, kazał się jej tłumaczyć.

— Nie wiem, co to jest — wyjaśniła. — Nie słyszałam o czymś takim.

— Jak to? Ależ to sód. Taki metal, pierwiastek...

— Jeżeli nazywa się sód, jest na *s*, a ja umiem robić tylko na *n*.

— Ale po łacinie nazywa się *natrium*.

— Mój kochany — rzekła maszyna — gdybym mogła robić wszystko na *n* we wszelkich możliwych językach, byłabym Maszyną Która Może

Wszystko Na Cały Alfabet, bo dowolna rzecz w jakimś tam obcym języku na pewno nazywa się na *n*. Nie ma tak dobrze. Nie mogę robić więcej, niż to wymyśliłeś. Sodu nie będzie.

— Dobrze — zgodził się Trurl i kazał jej zrobić niebo. Zrobiła zaraz jedno, niewielkie, ale zupełnie niebieskie. Zaprosił wtedy do siebie konstruktora Klapaucjusza, przedstawił go maszynie i tak długo wychwalał jej nadzwyczajne zdolności, aż ów rozgniewał się skrycie i poprosił, aby i jemu wolno było coś jej rozkazać.

— Proszę bardzo — rzekł Trurl — ale to musi być na *n*.

— Na *n*? — rzekł Klapaucjusz. — Dobrze. Niech zrobi naukę.

Maszyna zawarczała i po chwili plac przed domostwem Trurla wypełnił się tłumem naukowców. Wodzili się za łby, pisali w grubych księgach, inni porywali te księgi i darli je na strzępy, w dali widać było płonące stosy, na których skwierczeli męczennicy nauki, tu i ówdzie coś hukało, powstawały jakieś dziwne dymy w kształcie grzybów, cały tłum gadał równocześnie, tak że słowa nie można było zrozumieć, od czasu do czasu układając memoriały, apele i inne dokumenty, w odosobnieniu zaś, pod nogami wrzeszczących, siedziało kilku samotnych starców i bez przerwy maczkiem pisało na kawałkach podartego papieru.

— No co, może złe?! — zawołał z dumą Trurl. — Wykapana nauka, sam przyznasz!

Ale Klapaucjusz nie był zadowolony.

— Co, ten tłum to ma być nauka? Nauka to coś całkiem innego!

— Więc proszę, powiedz co, a maszyna zaraz to zrobi! — obruszył się Trurl. Ale Klapaucjusz nie wiedział, co powiedzieć, więc oświadczył, że postawi maszynie jeszcze dwa inne zadania, a jeśli je ona rozwiąże, uzna, że jest taka, jak ma być. Trurl przystał na to i Klapaucjusz rozkazał, aby zrobiła nice.

— Nice! — wykrzyknął Trurl. — Słyszał kto coś takiego, co to są nice?!

— Ależ jak to, druga strona wszystkiego — odparł Klapaucjusz spokojnie. — Nicować, przewracać na podszewkę, nie słyszałeś o tym? No no, nie udawaj! Hej, maszyno, bierz się do roboty!

Maszyna jednak działała już od dobrej chwili. Zrobiła najpierw antyprotony, potem antyelektrony, antyneutrina, antyneutrony, i tak długo pracowała, nie ustając, aż natworzyła bez liku antymaterii, z której zaczął się z wolna, podobny do dziwnie błyszczącej chmury w niebie, formować antyświat.

— Hm — rzekł bardzo niezadowolony Klapaucjusz — to mają być nice? Powiedzmy, że tak... Dajmy na to, dla świętego spokoju... Ale oto trzeci rozkaz: Maszyno! Masz zrobić Nic!

Maszyna przez dłuższy czas w ogóle się nie ruszała. Klapaucjusz jął zacierać z zadowolenia ręce, Trurl zaś rzekł:

— O co ci chodzi? Kazałeś jej nic nie robić, więc nic nie robi!

— Nieprawda. Kazałem jej zrobić Nic, a to co innego.

— Też coś! Zrobić Nic, a nie zrobić nic, znaczy jedno i to samo.

— Skądże! Miała zrobić Nic, a tymczasem nie zrobiła nic, więc wygrałem. Nic bowiem, mój ty przemądrzały kolego, to nie takie sobie zwyczajne nic, produkt lenistwa i niedziałania, lecz czynna i aktywna Nicość, to jest doskonały, jedyny, wszechobecny i najwyższy Niebyt we własnej nieobecnej osobie!!

— Zawracasz głowę maszynie! — krzyknął Trurl, lecz naraz rozległ się jej spiżowy głos:

— Przestańcie się kłócić w takiej chwili! Wiem, co to Niebyt, Nicość, czyli Nic, ponieważ te rzeczy należą do klucza litery *n*, jako Nieistnienie. Lepiej po raz ostatni przyjrzyjcie się światu, bo wnet go nie będzie...

Słowa zamarły na ustach rozjuszonym konstruktorom. Maszyna w samej rzeczy robiła Nic, a to w ten sposób, że kolejno usuwała ze świata rozmaite rzeczy, które przestawały istnieć, jakby ich w ogóle nigdy nie było. Usunęła już natągwie, nupajki, nurkownice, nędzioły, nałuszki, niedostópki i nędasy. Chwilami wydawało się, że zamiast redukować, zmniejszać, wyrzucać, usuwać, unicestwiać i odejmować — powiększa i dodaje, ponieważ zlikwidowała po kolei niesmak, niepospolitość, niewiarę, niedosyt, nienasycenie i niemoc. Lecz potem znowu zaczęło się robić wokół patrzących rzadziej.

— Ojej! — rzekł Trurl. — Żeby coś z tego złego tylko nie wynikło...

— E, co tam! — rzekł Klapaucjusz. — Przecież widzisz, że ona nie robi wcale Nicości Generalnej, a jedynie Nieobecność wszystkich rzeczy na *n*, nic się nie stanie, bo też ta twoja maszyna całkiem do niczego!

— Tak ci się tylko wydaje — odparła maszyna. — Zaczęłam, istotnie, od wszystkiego, co na *n*, bo było mi to bardziej familiarne, ale co innego jest zrobić jakąś rzecz, a co innego usunąć ją. Usuwać mogę wszystko, z tej prostej przyczyny, że umiem robić wszyściuteńko, ale to wszyściuteńko na *n*, a więc Niebyt jest dla mnie fraszką. Zaraz was nie będzie ani niczego, więc proszę cię, Klapaucjuszu, abyś powiedział jeszcze prędko, że jestem prawdziwie uniwersalna i wykonuję rozkazy, jak się należy, bo będzie za późno.

— Ależ to... — zaczął przestraszony Klapaucjusz i w tej chwili zauważył, że istotnie już nie tylko na *n* nikną różne rzeczy: przestały ich bowiem otaczać kambuzele, ściśnięta, wytrzopki, gryzmaki, rymundy, trzepce i pćmy.

— Stój! Stój! Cofam to, co powiedziałem! Przestań! Nie rób Niebytu!! — wrzeszczał na całe gardło Klapaucjusz, ale zanim maszyna się zatrzymała, znikły jeszcze graszaki, plukwy, filidrony i zamry. Wtedy dopiero maszyna znieruchomiała. Świat wyglądał wręcz przeraźliwie. Zwłaszcza ucierpiało niebo: widać było na nim ledwo pojedyncze punkciki gwiazd; ani śladu prześlicznych gryzmaków i gwajdolnic, które tak dotąd upiększały nieboskłon!

— Wielkie nieba! — zakrzyknął Klapaucjusz. — A gdzież są kambuzele? Gdzie moje murkwie ulubione? Gdzie pćmy łagodne?!

— Nie ma ich i nigdy już nie będzie — odparła spokojnie maszyna. — Wykonałam, a raczej zaczęłam wykonywać to tylko, coś mi kazał...

— Kazałem ci zrobić Nicość, a ty... ty...

— Klapaucjuszu, albo jesteś głupcem, albo głupca udajesz — rzekła maszyna. — Gdybym zrobiła Nicość naraz, za jednym zamachem, przestałoby istnieć wszystko, więc nie tylko Trurl i niebo, i Kosmos, i ty, ale nawet ja. Więc kto właściwie i komu mógłby wtedy powiedzieć, że rozkaz został wykonany i że jestem sprawną maszyną? A gdyby nikt tego nikomu nie powiedział, w jaki sposób ja, której by także już nie było, mogłabym otrzymać należną mi satysfakcję?

— Niech ci będzie, nie mówmy już o tym — rzekł Klapaucjusz. — Już niczego od ciebie nie chcę, śliczna maszyno, tylko proszę, zrób murkwie, bo bez nich życie mi niemiłe...

— Nie umiem tego, ponieważ są na *m* — rzekła maszyna. — Owszem, mogę na powrót zrobić niesmak, nienasycenie, niewiedzę, nienawiść, niemoc, nietrwałość, niepokój i niewiarę, ale na inne litery proszę się po mnie niczego nie spodziewać.

— Ale ja chcę, żeby były murkwie! — ryknął Klapaucjusz.

— Murkwi nie będzie — rzekła maszyna. — Popatrz, proszę, na świat, jaki jest cały pełen olbrzymich czarnych dziur, pełen Nicości, która wypełnia bezdenne otchłanie między gwiazdami, jak wszystko dookoła stało się nią podszyte, jak czyha nad każdym skrawkiem istnienia. To twoje dzieło, mój zawistniku! Nie sądzę, żeby następne pokolenia miały cię za to błogosławić...

— Może się nie dowiedzą... Może nie zauważą... — wyjąkał pobladły Klapaucjusz, patrząc z niewiarą w pustkę czarnego nieba i nie śmiąc nawet w oczy spojrzeć swemu koledze. Pozostawiwszy go obok maszyny, która umiała wszystko na *n*, wrócił chyłkiem do domu — świat zaś po dziś dzień pozostał już cały podziurawiony Nicością — tak jak go w toku nakazanej likwidacji zatrzymał Klapaucjusz. A ponieważ nie udało się zbudować maszyny na żadną inną literę, trzeba się obawiać, że nie będzie już nigdy takich wspaniałych zjawisk, jak pćmy i murkwie — po wieki wieków.

Maszyna Trurla

Konstruktor Trurl zbudował raz ośmiopiętrową maszynę rozumną, którą, kiedy skończył najważniejszą pracę, pociągnął najpierw białym lakierem; potem narożniki pomalował liliowo, przypatrzył się z daleka i dorobił jeszcze mały deseń na froncie, a tam, gdzie można sobie było wyobrazić jej czoło, położył lekki pomarańczowy rzucik i, bardzo zadowolony z siebie, pogwizdując od niechcenia, niejako z czczego obowiązku rzucił sakramentalne pytanie, ile jest dwa razy dwa?

Maszyna ruszyła. Najpierw zapaliły się jej lampy, zajaśniały obwody, zahuczały prądy jak wodospady, zagrały sprzężenia, potem rozżarzyły się cewki, zawirowało w niej, rozłomotało się, zadudniło i tak szedł na całą równinę hałas, aż Trurl pomyślał, że trzeba będzie sporządzić jej specjalny tłumik myślowy. Tymczasem maszyna wciąż pracowała, jakby przychodziło jej rozstrzygać najtrudniejszy problem w całym Kosmosie; ziemia dygotała, piasek usuwał się spod stóp od wibracji, bezpieczniki strzelały jak korki z flaszek, a przekaźniki aż nadrywały się z wysiłku. Nareszcie, kiedy Trurla porządnie już zniesmaczył taki rwetes, maszyna zahamowała gwałtownie i rzekła gromowym głosem: SIEDEM!

— No no, moja droga! — rzekł od niechcenia Trurl. — Nic podobnego, jest cztery, bądź tak dobra, popraw się! Ile jest dwa a dwa? — SIEDEM! — odparła maszyna niezwłocznie. Chcąc nie chcąc, Trurl — westchnąwszy — nałożył roboczy fartuch, który był już zdjął, zakasał wysoko rękawy, otworzył spodnią klapę i wlazł do środka. Nie wychodził z niej długo, słychać było, jak wali młotem, jak odkręca coś, spawa, lutuje, jak wbiega, dudniąc po blaszanych stopniach, raz na szóste piętro, raz na ósme, i zaraz w te pędy gna na dół. Puścił prąd, aż zaskwierczało w środku i fioletowe wąsy wyrosły iskiernikom. Mozolił się tak dwie godziny, aż wyszedł na świeże powietrze zakopcony, lecz zadowolony, złożył wszystkie narzędzia, rzucił fartuch na ziemię, wytarł twarz i ręce, i już na odchodnym, ot, tak, dla świętego spokoju, spytał:

— Ileż to jest: dwa a dwa?

— SIEDEM! — odparła maszyna.

Trurl zaklął okropnie, ale nie było rady — znów jął w niej dłubać, poprawiał, łączył, rozlutowywał, przestawiał, a kiedy po raz trzeci dowiedział się, że dwa a dwa jest siedem, usiadł zrozpaczony na najniższym stopniu maszyny i siedział tak, aż nadszedł na to Klapaucjusz. Spytał Trurla, co mu się stało, że wygląda, jakby właśnie wrócił z pogrzebu, a ten wyjawił mu swój kłopot. Klapaucjusz sam parę razy wchodził do wnętrza maszyny, próbował poprawić to i owo, pytał ją też, ile jest dwa a jeden, odparła, że sześć; jeden a jeden wynosiło według niej zero. Klapaucjusz podrapał się w głowę, odchrząknął i rzekł:

— Przyjacielu, nie ma co, trzeba spojrzeć prawdzie w oczy. Sporządziłeś inną maszynę, niż chciałeś. Wszelako każde zjawisko ujemne ma też swoje strony dodatnie, ta maszyna na przykład też.

— Ciekawym, jakie — odparł Trurl i kopnął fundament, na którym siedział.

— Przestań — powiedziała maszyna.

— Ot, widzisz, jest wrażliwa. Więc... co chciałem powiedzieć? Jest to, nie ulega wątpliwości, maszyna głupia, i to nie taką sobie zwykłą, przeciętną głupotą, bynajmniej! Jest to, o ile się orientuję, a jestem, jak wiesz, znakomitym specjalistą, jest to najgłupsza maszyna rozumna na całym świecie, a to już nie byle co! Zbudować ją umyślnie nie byłoby łatwe, wprost przeciwnie, sądzę, że to by się nikomu nie udało. Nie tylko głupia jest bowiem, ale i uparta jak kloc, czyli ma charakter, zresztą właściwy idiotom, bo oni zwykle są szalenie uparci.

— Po diabła mi taka maszyna?! — rzekł Trurl i kopnął ją drugi raz.

— Ostrzegam cię poważnie, przestań! — rzekła maszyna.

— Proszę, już masz poważne ostrzeżenie — skomentował oschle Klapaucjusz. — Widzisz, jest nie tylko wrażliwa i tępa, i uparta, ale także obraźliwa, a z taką ilością cech można już dopiąć niejednego, ho ho, ja ci to mówię!

— No dobrze, ale co właściwie mam z nią począć? — spytał Trurl.

— Ba, w tej chwili trudno mi odpowiedzieć. Mógłbyś na przykład zrobić wystawę, ze wstępem, z biletami, aby każdy, kto zechce, mógł obejrzeć najgłupszą maszynę rozumną na świecie; ile ona ma — osiem pięter? Proszę cię, ależ tak wielkiego idioty nikt dotąd nie widział. Ta wystawa zwróci ci nie tylko poniesione koszty, ale...

— Daj mi spokój, nie będę robił żadnej wystawy! — odparł Trurl, wstał, i że nie mógł się powstrzymać, kopnął maszynę jeszcze raz.

— Udzielam ci trzeciego poważnego ostrzeżenia — rzekła maszyna.

— Bo co? — krzyknął rozjuszony jej majestatycznością Trurl. — Jesteś... jesteś... — tu nie znalazł słów, więc kopnął ją kilka razy, wrzeszcząc: — Nadajesz się tylko do kopania, wiesz?

— Obraziłeś mnie po raz czwarty, piąty, szósty i ósmy — rzekła maszyna — dlatego więcej nie będę liczyła. Odmawiam odpowiedzi na dalsze pytania, dotyczące zadań z zakresu matematyki.

— Ona odmawia! Patrzcie ją! — żołądkował się dotknięty do żywego Trurl. — Po szóstce wypada jej osiem, uważasz, Klapaucjuszu, nie siedem, lecz osiem! I ona ma czelność odmawiać TAKIEGO wykonywania zadań matematycznych. A masz! masz! masz! Może jeszcze?

Na to maszyna zadygotała, zatrzęsła się i bez jednego słowa zaczęła ze wszech sił wydobywać się z fundamentów. Były głębokie, więc pogięły się liczne dźwigary, lecz w końcu wylazła z dołu, w którym zostały tylko pokruszone kloce betonowe z wystającymi prętami zbrojeń, i ruszyła jak forteca krocząca na Klapaucjusza i Trurla. Ten ostatni tak osłupiał od niepojętego wydarzenia, że nie próbował nawet skryć się przed maszyną, która zmierzała najoczywiściej do tego, aby go zmiażdżyć. Dopiero przytomniejszy Klapaucjusz, porwawszy go za rękę, pociągnął przemocą i obaj odbiegli spory kawałek. Kiedy się odwrócili, maszyna, chwiejąc się jak wysoka wieża, szła powoli, przy każdym kroku zapadała się prawie po pierwsze piętro, ale uparcie, niezmordowanie wynurzała się z piasku i parła wprost na nich.

— No, tego jeszcze na świecie nie było! — rzekł Trurl, którego aż zatchnęło ze zdumienia. — Maszyna się zbuntowała! Co teraz robić?

— Czekać i obserwować — odparł roztropny Klapaucjusz. — Może się coś wyklaruje.

Nic na to na razie nie wskazywało. Maszyna, wydostawszy się na twardszy grunt, ruszyła szybciej. W środku jej gwizdało, syczało i pobrzękiwało.

— Zaraz się rozlutuje nastawnia i programowanie — mruknął Trurl. — Wtedy się rozleci i stanie...

— Nie — odparł Klapaucjusz — to szczególny wypadek. Ona jest tak głupia, że nawet zatrzymanie się całego rozrządu jej nie zaszkodzi. Uważaj, ona... Uciekajmy!!

Maszyna najwyraźniej rozpędzała się, aby ich stratować. Gnali więc co tchu, słysząc za plecami rytmiczny łoskot straszliwego tupania. I biegli tak, bo cóż mogli zrobić innego? Chcieli wrócić do rodzinnej miejscowości, ale maszyna udaremniła to, spychając ich przez flankowanie z upatrzonej drogi, i nieubłaganie zmuszała ich do zagłębiania się w kraj coraz bardziej pustynny. Powoli wyłoniły się z przyziemnych mgieł góry, posępne i skaliste; Trurl, dysząc ciężko, zawołał do Klapaucjusza:

— Słuchaj! Uciekajmy w jakiś ciasny wąwóz... gdzie nie będzie mogła za nami wejść... przeklęta... co?!

— Lepiej biegnijmy... prosto — wydyszał Klapaucjusz. — Niedaleko jest mała miejscowość... nie pamiętam, jak się nazywa... w każdym razie znajdziemy tam... uf!!! schronienie...

Popędzili zatem prosto i rychło ujrzeli przed sobą pierwsze domostwa. O tej porze dnia ulice były niemal puste. Przebiegli dobry kawał drogi, nie napotykając żywego ducha, gdy przeraźliwy rumor, taki, jakby na skraj osiedla zwaliła się kamienna lawina, zaświadczył o tym, że ścigająca ich maszyna już tam dotarła.

Trurl obejrzał się i aż jęknął.

— Wielkie nieba! Popatrz, Klapaucjuszu, ona burzy domy!! — Jakoż maszyna, prąc uparcie za nimi, szła przez mury domów jak stalowa góra, a drogę jej znaczyły ceglane rumowiska wypełnione białymi kłębami wapiennego kurzu. Rozległy się przeraźliwe krzyki zasypanych, zaroiło się na ulicach, Trurl zaś i Klapaucjusz pędzili, ledwo dysząc, przed siebie, aż dopadli wielkiego gmachu ratuszowego, gdzie w mig zbiegli po schodach do głębokiej piwnicy.

— No, tu nas nie dosięgnie, żeby miała nam nawet cały ten ratusz na głowę zwalić! — wysapał Klapaucjusz. — Ale diabli skusili mnie złożyć ci dzisiaj wizytę... Byłem ciekaw, jak ci idzie robota, no i proszę — dowiedziałem się...

— Bądź cicho — odparł mu Trurl. — Ktoś tu idzie...

Rzeczywiście, drzwi podziemia uchyliły się i wszedł sam burmistrz wraz z kilkoma radnymi. Trurl wstydził się wyjawić, co spowodowało niezwykłą i przeraźliwą zarazem historię, więc wyręczył go Klapaucjusz. Burmistrz przysłuchiwał mu się w milczeniu. Naraz ściany drgnęły, zakołysała się ziemia i do głęboko pod jej powierzchnią ukrytej piwnicy dotarł przeciągły łoskot walących się murów.

— Ona już jest tu?! — krzyknął Trurl.

— Tak — odparł burmistrz. — I żąda, abyśmy was wydali, w przeciwnym razie zburzy całe miasto...

Zarazem dobiegły ich wypowiedziane gdzieś, na wysokości, nosowo brzmiące, do stalowego gęgania podobne słowa:

— Tu jest gdzieś Trurl... Czuję Trurla...

— Ale chyba nas nie wydacie? — spytał drżącym głosem ten, którego tak natarczywie domagała się maszyna.

— Ten z was, który nazywa się Trurl, musi stąd wyjść. Drugi może zostać, gdyż jego wydanie nie jest koniecznym warunkiem...

— Ależ litości!

— Jesteśmy bezsilni — rzekł burmistrz. — Gdybyś zresztą miał tu zostać, Trurlu, odpowiadać byś musiał za wyrządzone miastu i jego mieszkańcom szkody, bo to przez ciebie maszyna zburzyła szesnaście domów i pogrzebała pod ich ruinami wielu tutejszych obywateli. Tylko to, że znajdujesz się w obliczu śmierci, pozwala mi puścić cię wolno. Idź i nie wracaj.

Trurl spojrzał na twarze radnych, a widząc na nich wypisany na siebie wyrok, powoli skierował się ku drzwiom.

— Czekaj! Idę z tobą! — wykrzyknął impulsywnie Klapaucjusz.

— Ty? — ze słabą nadzieją w głosie rzekł Trurl. — Nie... — rzekł po chwili. — Zostań, tak będzie lepiej... Po co miałbyś niepotrzebnie ginąć?...

— Idiotyzm! — zawołał energicznie Klapaucjusz. — Cóż to, dlaczego mamy ginąć, czy może za sprawą tej żelaznej kretynki? Też mi coś! To za mało, aby zetrzeć z powierzchni globu dwóch najwybitniejszych konstruktorów! Chodź, mój Trurlu! Śmiało!

Podniesiony tymi słowami na duchu Trurl pobiegł po schodach za Klapaucjuszem. Na rynku nie było żywego ducha. Wśród kłębów pyłu i kurzawy, z których wyłaniały się sterczące szkielety poburzonych domów, stała, wydzielając kłęby pary, maszyna, wyższa nad wieże ratusza, cała zbroczona ceglaną krwią murów i umazana białym prochem.

— Uważaj! — szepnął Klapaucjusz. — Ona nas nie widzi. Pędzimy tą pierwszą uliczką w lewo, potem w prawo, i prosto jak strzelił, niedaleko już zaczynają się góry. Tam się schronimy i obmyślimy coś takiego, żeby raz na zawsze odechciało się jej... W nogi! — krzyknął, bo maszyna dostrzegła ich w tym momencie i natarła na nich, aż grunt zatrząsł się w posadach.

Pędząc bez tchu, wybiegli za miasteczko. Jakąś milę galopowali tak, słysząc za sobą gromowe stąpania kolosa, który nieustępliwie ich ścigał.

— Znam ten wąwóz! — zawołał nagle Klapaucjusz. — Jest tam koryto wyschłego potoku, które prowadzi w głąb skał, tam są liczne jaskinie, biegnijmy szybciej, zaraz będzie musiała stanąć!...

Gnali więc pod górę, potykając się i wymachując rękami dla odzyskania równowagi, ale maszyna wciąż znajdowała się w jednakiej za nimi odległości. Po chyboczących głazach wyschłego strumienia dobiegli do szczeliny w pionowych skałach, a ujrzawszy dosyć wysoko w górze czerniejący wylot jaskini, jęli się co sił piąć ku niemu, nie zważając na umykające spod stóp luźne kamienie. Wielki otwór w skale ział chłodem i ciemnością. Skoczyli czym prędzej do środka, przebiegli jeszcze kilka kroków i zatrzymali się.

— No, tu jesteśmy bezpieczni — rzekł Trurl, który odzyskał spokój.

— Wyjrzę, żeby zobaczyć, gdzie utknęła...

— Uważaj — przestrzegł go Klapaucjusz. Trurl podszedł ostrożnie do otworu jaskini, wychylił się i nagle skoczył z przestrachem w tył.

— Ona włazi na górę!! — krzyknął.

— Uspokój się, tutaj na pewno nie wejdzie — rzekł niezupełnie stanowczym głosem Klapaucjusz. — Co to? Jakby pociemniało... Och!

W tej chwili wielki cień przesłonił niebo, widoczne dotąd przez wylot pieczary, i ukazała się w nim na mgnienie stalowa, gładka, nitami wybijana raz koło razu ściana maszyny, która przywarła powoli do skały. W ten sposób jaskinia została jak gdyby stalową przykrywą szczelnie zamknięta od zewnątrz.

— Jesteśmy uwięzieni... — wyszeptał Trurl, a głos jego drżał tym mocniej, że zapadła całkowita ciemność.

— To było z naszej strony idiotyczne! — ze wzburzeniem zawołał Klapaucjusz. — Pchać się do jaskini, którą mogła zabarykadować! Jak mogliśmy zrobić coś takiego?

— Jak myślisz, na co ona liczy? — spytał po długiej chwili milczenia Trurl.

— Na to, że będziemy chcieli stąd wyjść, do tego nie trzeba specjalnego rozumu.

Znowu zapadło milczenie. Trurl podszedł w czarnym mroku na palcach, wyciągając przed siebie ręce, w stronę, w której znajdował się otwór jaskini i wodził po skale rękami, aż dotknął głębokiej stali, która była ciepła, jakby nagrzana od środka...

— Czuję cię, Trurlu... — zahuczał w zamkniętej przestrzeni żelazny głos. Trurl cofnął się, usiadł na głazie obok przyjaciela i jakiś czas spoczywali bez ruchu. Wreszcie Klapaucjusz szepnął mu:

— Niczego tu nie wysiedzimy, nic ma rady. Spróbuję z nią paktować...

— To beznadziejne — rzekł Trurl. — Ale próbuj, może chociaż ciebie wypuści cało...

— Ależ nie, nie tak! — rzekł mu krzepiąco Klapaucjusz i podszedłszy do niewidzialnego w ciemności otworu skalnego, zawołał:

— Halo, czy słyszysz nas?

— Słyszę — odparła maszyna.

— Słuchaj, chciałbym cię przeprosić. Wiesz... wynikło między nami małe nieporozumienie, ale to przecież drobiazg w gruncie rzeczy. Trurl nie miał zamiaru...

— Zniszczę Trurla! — rzekła maszyna. — Ale przedtem odpowie mi na pytanie, ile jest dwa a dwa.

— Ach, odpowie ci, i to tak, że będziesz zadowolona i na pewno się z nim pogodzisz, nieprawdaż, Trurlu? — uspokajająco rzekł mediator.

— No, zapewne... — rzekł ów słabym głosem.

— Tak? — powiedziała maszyna. — To ile jest dwa a dwa?

— Czte... to jest siedem — jeszcze ciszej powiedział Trurl.

— Ha, ha! Nie cztery więc, tylko siedem, co? — zahuczała maszyna. — A widzisz!

— Siedem, naturalnie, że siedem, zawsze było siedem! — gorliwie przytaknął Klapaucjusz. — Czy wypuścisz nas już? — dodał ostrożnie.

— Nie. Niech Trurl jeszcze raz powie, że mu bardzo przykro i ile jest dwa razy dwa...

— A czy puścisz nas, jeśli powiem? — spytał Trurl.

— Nie wiem. Zastanowię się. Nie będziesz mi stawiał warunków. Mów, ile jest dwa razy dwa!

— Ale prawdopodobnie nas wypuścisz? — powiedział Trurl, chociaż Klapaucjusz szarpał go za rękę, szepcząc do ucha: — To idiotka, idiotka, nie sprzeczaj się z nią, błagam!

— Nie wypuszczę, jeśli mi się nie zechce — odparła maszyna. — Ale ty i tak powiesz mi, ile jest dwa razy dwa...

Nagła wściekłość zatrzęsła Trurlem.

— O! Powiem ci, powiem! — zakrzyknął. — Dwa a dwa jest cztery i dwa razy dwa jest cztery, choćbyś się na głowie postawiła, choćbyś całe te góry w proch obróciła, morzem się udławiła, niebo wypiła, słyszysz? Dwa a dwa jest cztery!!

— Trurl! Tyś zwariował! Co ty mówisz? Dwa a dwa jest siedem, proszę pani! Kochana maszyno, siedem! Siedem!!! — wołał Klapaucjusz, usiłując przekrzyczeć przyjaciela.

— Nieprawda! Cztery jest! Tylko cztery, od początku aż do końca świata CZTERY!! — do utraty głosu ryczał Trurl.

Nagle skały pod ich stopami przeszył febryczny dreszcz.

Maszyna odsunęła się od wylotu jaskini, że w jej głąb padł szarawy pobrzask, a zarazem wydała przeciągły krzyk:

— Nieprawda! Siedem! Powiesz zaraz, jak cię chwycę!

— Nie powiem nigdy! — odparował Trurl, jakby mu już było wszystko jedno, a wtedy ze stropu na ich głowy sypnął się kamienny grad, bo maszyna jęła całym swoim ośmiopiętrowym cielskiem raz za razem taranować skalny wiszar i waliła sobą w pionowe zbocze, aż ogromne głazy odpryskiwały od litych skał i z hukiem toczyły się w dolinę.

Grzmot wraz z wonią krzemionkowego dymu napełniał jaskinię pospołu z krzesanymi stalą o głaz iskrami, lecz poprzez te piekielne odgłosy szturmu chwilami dawał się słyszeć głos Trurla, wołającego bez ustanku:

— Dwa a dwa jest cztery! Cztery!!!

Klapaucjusz próbował zamknąć mu przemocą usta, lecz, odtrącony gwałtownie, zamilkł i usiadł, okrywając głowę rękami. Maszyna wciąż nie ustawała w piekielnych wysiłkach i zdawało się, że lada chwila strop jaskini runie na uwięzionych, miażdżąc ich i grzebiąc na wieki. Lecz kiedy stracili już wszelką nadzieję, kiedy gryzący pył wypełnił powietrze, coś naraz straszliwie zazgrzytało, dał się słyszeć powolny grom, silniejszy od wszystkich odgłosów zaciekłego kucia i dobijania się, potem powietrze zawyło, czarna ściana, zasłaniająca otwór, znikła jak zdmuchnięta przez wicher, w dół poszła lawina olbrzymich złomów skalnych. Echo grzmotów toczyło się jeszcze przez dolinę, odbijane od gór, kiedy obaj przyjaciele dopadli wyjścia jaskini i wychyliwszy się do połowy ciał, ujrzeli maszynę, jak leżała pogruchotana i spłaszczona wywołanym przez siebie skalnym obwałem, z olbrzymim głazem pośrodku swych ośmiu pięter, który przełamał ją niemal na pół. Zeszli ostrożnie po kurzącym się mąką skalną rumowisku. Aby dotrzeć do koryta wyschłego potoku, musieli przejść tuż obok zewłoku leżącej na płask maszyny, wielkiego jak okręt wyrzucony na brzeg. Nic nie mówiąc, zatrzymali się obaj jednocześnie pod jej wgniecioną stalową flanką. Maszyna ruszała się jeszcze słabo i słychać było, jak w jej wnętrzu z gasnącym hurkotem coś krąży.

— A więc taki twój niesławny koniec i dwa a dwa jest dalej — zaczął Trurl, lecz w tejże chwili maszyna zaszumiała słabo i niewyraźnie, ledwo słyszalnie, po raz ostatni wybełkotała: — SIEDEM.

Potem coś cienko zgrzytnęło w jej wnętrzu, kamienie posypały się z wierzchu i zamarła, przeistoczona w bryłę martwego żelastwa. Obaj konstruktorzy spojrzeli na siebie, a potem, bez jednego słowa, jęli, nie odzywając się do siebie, wracać korytem wyschłego strumienia.

Wielkie lanie

Ktoś zapukał do domu konstruktora Klapaucjusza, który uchylił drzwi, wystawił głowę na zewnątrz i zobaczył brzuchatą maszynę na czterech krótkich nogach.

— Kim jesteś i czego chcesz? — spytał.

— Jestem Maszyną Do Spełniania Życzeń, a przysłał mnie do ciebie twój przyjaciel i wielki kolega, Trurl, jako podarek.

— Jako podarek? — rzekł Klapaucjusz, którego uczucia dla Trurla były dosyć mieszane, a szczególnie nie spodobało mu się to, że maszyna nazwała Trurla jego „wielkim kolegą". — No, dobrze — zadecydował po krótkim namyśle — możesz wejść.

Kazał jej stanąć w kącie obok pieca i, nie zwracając na nią pozornie uwagi, wrócił do przerwanej pracy. Budował baniastą maszynę na trzech nogach. Była już prawie gotowa i tylko ją polerował. Po jakimś czasie Maszyna Do Spełniania Życzeń odezwała się:

— Przypominam o swej obecności.

— Nie zapomniałem o niej — rzekł Klapaucjusz i dalej robił swoje. Po chwili maszyna odezwała się:

— Można wiedzieć, co robisz?

— Jesteś Maszyną Do Spełniania Życzeń czy Do Stawiania Pytań? — rzekł Klapaucjusz i dodał: — Potrzebuję niebieskiej farby.

— Nie wiem, czy będzie w odcieniu, jakiego potrzebujesz — odparła maszyna, wysuwając przez klapkę w brzuchu puszkę farby. Klapaucjusz otworzył ją, bez słowa zanurzył w niej pędzel i wziął się do malowania. Do wieczora zażądał jeszcze po kolei szmergla, karborundu, wiertła i białej farby oraz śrubek, a za każdym razem maszyna dawała mu natychmiast to, czego sobie życzył. Pod wieczór zakrył budowany przyrząd kawałkiem płachty, posilił się, usiadł naprzeciw maszyny na małym trójnogu i rzekł:

— Zobaczymy teraz, czy coś potrafisz. Powiadasz, że umiesz robić wszystko?

— Wszystko nie, ale wiele — odparła skromnie maszyna. — Czy zadowoliły cię farby, śrubki i wiertła?

— A, owszem, owszem! — odparł Klapaucjusz. — Ale zażądam teraz od ciebie rzeczy daleko trudniejszej. Jeśli jej nie zrobisz, odeślę cię do twego pana z odpowiednim podziękowaniem i opinią.

— A cóż to takiego? — spytała maszyna i przestąpiła z nogi na nogę.

— To Trurl — wyjaśnił Klapaucjusz. — Masz mi zrobić Trurla, takuteńkiego jak prawdziwy. Żeby jeden był nie do odróżnienia od drugiego!

Maszyna pomruczała, pobrzęczała, poszumiała i rzekła:

— Dobrze, zrobię ci Trurla, ale obchodź się z nim ostrożnie, bo to bardzo wielki konstruktor!

— Ach, rozumie się, możesz być spokojna — odparł Klapaucjusz. — No i gdzież ten Trurl?

— Co? Tak zaraz? Przecież to nie byle co — rzekła maszyna. — To musi chwilę potrwać. Trurle — to nie śrubki ani lakiery!

Jednakże nad podziw szybko zatrąbiła, zadzwoniła, w brzuchu otwarły się jej spore drzwiczki i z ciemnego wnętrza wyszedł Trurl. Klapaucjusz wstał, obszedł go, przyjrzał mu się z bliska, obmacał go dokładnie i ostukał, ale nie było żadnej wątpliwości — miał przed sobą Trurla jak dwie krople wody podobnego do oryginału. Trurl, który wyszedł z brzucha maszyny, mrużył oczy od światła, ale poza tym zachowywał się całkiem zwyczajnie.

— Jak się masz, Trurlu! — powiedział Klapaucjusz.

— Jak się masz, Klapaucjuszu! Ale skąd ja się tu właściwie wziąłem? — odparł, wyraźnie zdziwiony, Trurl.

— A, tak, ot, po prostu zaszedłeś... Dawno cię nie widziałem. Jak ci się u mnie podoba?

— Owszem, owszem... Co to masz tam pod tą płachtą?

— Nic takiego. Może siądziesz?

— E, kiedy zdaje mi się, że już późno. Ciemno na dworze, chyba pójdę do domu.

— Nie tak prędko, nie tak zaraz! — zaprotestował Klapaucjusz. — Chodź najpierw do piwnicy, zobaczysz, jakie to będzie interesujące...

— A cóż masz takiego w piwnicy?

— Jeszcze nie mam, ale będę zaraz miał. Chodź, chodź... I, poklepując go, sprowadził Klapaucjusz Trurla do piwnicy, tam zaś podstawił mu nogę, a gdy ów upadł, związał go, a potem grubym drągiem zaczął go tłuc na kwaśne jabłko. Trurl wrzeszczał wniebogłosy, wzywał pomocy, na przemian klął i prosił zmiłowania, lecz nic to nie pomagało — noc była ciemna i pusta, a Klapaucjusz walił go dalej, aż huczało.

— Oj! Au! Dlaczego mnie tak bijesz?! — wołał Trurl, uchylając się przed razami.

— Bo mi to sprawia przyjemność — wyjaśnił Klapaucjusz i zamachnął się. — Tegoś jeszcze nie spróbował, mój Trurlu!

I uderzył go w głowę, aż zadzwoniła jak beczka.

— Puść mnie natychmiast, bo pójdę do króla i powiem, co ze mną robiłeś, a wtrąci cię do lochu!! — krzyczał Trurl.

— Nic mi nie zrobi. A wiesz, czemu? — spytał Klapaucjusz i usiadł na ławce.

— Nie wiem — rzekł Trurl rad, że nastąpiła przerwa w biciu.

— Bo ty nie jesteś prawdziwym Trurlem. On jest u siebie, zbudował Maszynę Do Spełniania Życzeń i przysłał mi ją w darze, a ja, żeby ją wypróbować, kazałem jej sporządzić ciebie! Teraz odkręcę ci głowę, postawię pod moim łóżkiem i będę jej używał jako pachołka do ściągania butów!

— Jesteś potworem! Dlaczego chcesz to zrobić?!

— Powiedziałem ci już: bo mi to sprawia przyjemność. No, dość tego pustego gadania! — To mówiąc, Klapaucjusz ujął kij w obie ręce, a Trurl zaczął krzyczeć:

— Przestań! Przestań natychmiast! Powiem ci coś bardzo ważnego!!

— Ciekawym, co możesz mi takiego powiedzieć, co by mnie powstrzymało od używania twej głowy jako pachołka do butów — odparł Klapaucjusz, ale przestał go bić. Trurl zawołał wtedy:

— Wcale nie jestem Trurlem zrobionym przez maszynę! Jestem prawdziwym Trurlem, najprawdziwszym w świecie, i chciałem się tylko dowiedzieć, co robisz od tak dawna, zamknąwszy się w domu na cztery spusty! Zbudowałem więc maszynę, schowałem się w jej brzuchu i kazałem się zanieść do twego domu pod pozorem, że ona jest podarkiem ode mnie dla ciebie!

— Proszę, proszę, ależ historyjkę wymyśliłeś i to tak na poczekaniu! — rzekł Klapaucjusz i, wstając, ścisnął w ręku grubszy koniec kija. — Możesz się nie wysilać, widzę twoje kłamstwa na wylot. Jesteś Trurlem zrobionym przez maszynę, spełnia ona wszystkie życzenia, dzięki niej dostałem śrubki i białą farbę, jak również niebieską, wiertła i inne rzeczy. Jeżeli potrafiła zrobić tamto, potrafiła zrobić i ciebie, mój kochany!

— Miałem to wszystko przygotowane w jej brzuchu! — zawołał Trurl. — Nie było trudno przewidzieć, czego będziesz potrzebował podczas pracy! Przysięgam, że mówię prawdę!

— Gdyby to była prawda, oznaczałaby, że mój przyjaciel, wielki konstruktor Trurl, jest zwyczajnym oszustem, a w to nigdy nie uwierzę! — odparł Klapaucjusz. — Masz!

I zdzielił go od ucha w plecy.

— To za oszczerstwa, rzucone na mego przyjaciela Trurla.

— Masz jeszcze raz!

I dołożył mu z drugiej strony. Potem bił go jeszcze, grzmocił i tłukł, aż się zmęczył.

— Pójdę się teraz zdrzemnąć nieco i w ten sposób odpocznę — rzekł wyjaśniająco i odrzucił kij. — A ty poczekaj sobie, niebawem wrócę... — Kiedy odszedł, a po całym domu rozeszły się odgłosy jego pochrapywania, Trurl póty jął wić się w sznurach, aż rozluźnił je, potem porozsupływał węzły, pobiegł cicho na górę, wlazł do środka maszyny i ruszył w niej z kopyta do domu. Klapaucjusz zaś, śmiejąc się w kułak, patrzał przez górne okienko na jego ucieczkę. Nazajutrz udał się z wizytą do Trurla. Ten wpuścił go do izby, milcząc ponuro. W izbie panował półmrok, lecz bystry Klapaucjusz i tak spostrzegł, że korpus i głowa Trurla noszą ślady wielkiego lania, jakie mu spuścił, chociaż widać było, że Trurl porządnie się napracował, wyklepując i prostując wgłębienia uczynione razami.

— Cóżeś taki posępny? — zagadnął wesoło Klapaucjusz. — Przyszedłem podziękować ci za piękny podarek, szkoda tylko, że podczas mego snu umknął, zostawiając otwarte drzwi, jakby się paliło!

— Wydaje mi się, że uczyniłeś niewłaściwy użytek z mego podarunku, aby nie powiedzieć więcej! — wybuchnął Trurl. — Maszyna opowiedziała mi wszystko, nie musisz się fatygować — dodał ze złością, widząc, że Klapaucjusz otwiera usta. — Kazałeś jej zrobić mnie, mnie samego, a potem podstępem sprowadziłeś duplikat mej osoby do piwnicy i tam najstraszliwiej go zbiłeś! I po takiej wyrządzonej mi zniewadze, po takiej podzięce za wspaniały dar ośmielasz się jeszcze, jak gdyby nigdy nic, przychodzić do mnie? Co masz mi do powiedzenia?

— Zupełnie nie pojmuję twego gniewu — odparł Klapaucjusz. — Istotnie, kazałem maszynie zrobić twoją kopię. Powiadam ci, była doskonała, wprost zdumiałem się na jej widok. Co się tyczy bicia, maszyna musiała mocno przesadzić — istotnie, szturchnąłem parę razy tego zrobionego, bo chciałem wypróbować, czy jest solidnie wykonany, byłem też ciekaw, jak na to zareaguje. Okazał się nadzwyczajnie bystry. Z miejsca opowiedział mi wymyśloną historyjkę, jakobyś to był ty sam we własnej osobie; nie dałem mu wiary, a wtedy zaczął przysięgać, że wspaniały dar nie był darem, lecz zwykłym oszukaństwem; rozumiesz chyba, że w obronie twego honoru, honoru mojego przyjaciela, musiałem go za tak bezczelne kłamstwa złoić. Przekonałem się jednak, że wykazuje wybitną inteligencję, a więc nie tylko fizycznie, ale i duchowo przypominał ciebie, mój drogi. Jesteś, zaiste, wielkim konstruktorem, to tylko chciałem ci powiedzieć i w tym celu przyszedłem tak wcześnie!

— Ach! No, tak, zapewne — odparł już nieco udobruchany Trurl. — Co prawda użytek, jaki zrobiłeś z Maszyny Do Spełniania Życzeń, nie wydaje mi się w dalszym ciągu najszczęśliwszy, ale niech ci będzie...

— A, prawda, chciałem cię właśnie spytać, co właściwie zrobiłeś z tym sztucznym Trurlem? — spytał niewinnie Klapaucjusz. — Czy mógłbym go zobaczyć?

— Był wprost szalony z wściekłości! — odparł Trurl. — Groził, że strzaska ci czaszkę, zaczaiwszy się koło tej wielkiej skały przy twoim domu, a kiedy usiłowałem mu to wyperswadować, skakał mi do oczu, w nocy zaś jął pleść z drutów wnyki i sieci na ciebie, mój drogi, więc chociaż uważałem, że to mnie obraziłeś w jego osobie, powodowany pamięcią o naszej starej przyjaźni, aby usunąć ci z drogi grożące niebezpieczeństwo (bo on się aż zapamiętał), rozebrałem go, nie widząc innego wyjścia, na drobne części...

To mówiąc, Trurl jakby od niechcenia trącił nogą walające się po podłodze, rozwłóczone szczątki mechanizmów.

Po czym pożegnali się ciepło i rozstali jako serdeczni przyjaciele.

Od tej pory Trurl nie robił nic innego, tylko na lewo i na prawo opowiadał całą historię, jak to obdarował Klapaucjusza Maszyną Do Spełniania Życzeń, jak obdarowany postąpił niepięknie, każąc jej zrobić sobie Trurla i spuścił mu lanie, jak wspaniale sporządzona przez maszynę kopia zręcznymi kłamstwami usiłowała wydobyć się z opresji i umknęła, ledwo zmęczony Klapaucjusz ułożył się do snu, a on sam, Trurl, rozebrał na kawałki zrobionego Trurla, który przybiegł do jego domostwa, uczynił zaś tak tylko po to, by uchronić swego przyjaciela od zemsty pobitego. I póty opowiadał i chwalił się, i puszył, i przyzywał świadectwo Klapaucjusza, aż wieść o tej dziwnej przygodzie doszła na dwór królewski i nikt już tam nie wyrażał się o Trurlu inaczej, jak tylko z największym podziwem, choć do niedawna jeszcze powszechnie zwano go Konstruktorem Najgłupszych Maszyn Rozumnych na świecie. A kiedy Klapaucjusz posłyszał, że sam król obficie obdarował Trurla i odznaczył go Orderem Wielkiej Sprężyny i Gwiazdą Helikonoidalną, zawołał wielkim głosem:

— Jak to? Więc za to, że udało mi się go przechytrzyć, kiedym go przejrzał, kiedy spuściłem mu setne baty, że musiał się potem klepać i łatać, jak niepyszny uciekłszy na pokrzywionych nogach nocą z mojej piwnicy, za to wszystko opływa teraz w dostatki, a jakby tego było mało, król odznacza go jeszcze orderem? O, świecie, świecie!...

I, okropnie rozgniewany, wrócił do domu, aby zamknąć się w nim na cztery spusty. Budował bowiem taką samą Maszynę Do Spełniania Życzeń, jak i Trurl, tylko tamten wcześniej ją skończył.

Posłowie

Roboty i ludzie

Bajki robotów — nie tak jak inne cykle opowiadań Lema — powstały stosunkowo szybko, wydane zostały po raz pierwszy w roku 1964 i zbiór ich nigdy już później nie był uzupełniany, stanowiąc od początku zamkniętą całość. W ich pierwszej książkowej wersji — tutaj powtórzonej — zawierał się jednak (w postaci trzech opowieści zamykających tom) zalążek nowego cyklu, *Cyberiady*, przy którym autor pozostał na dłużej i który w końcu objętością w trójnasób przewyższył *Bajki*, czyniąc ze swych bohaterów — sławnych konstruktorów Trurla i Klapaucjusza — najbardziej, obok Pirxa i Ijona Tichego, znanych bohaterów Lema. Skupione wokół dylematów konstruktorstwa, opowieści z *Cyberiady* odbiegają jednak sporo od modelu klasycznej baśni. Inaczej jest z *Bajkami robotów*, w których gra z konwencją jest na pierwszy rzut oka oczywista. Pomysł na nie to jakby podkreślenie grubą linią znanej tezy Rogera Caillois, który *science fiction* nazwał współczesną odmianą baśni. Lem robi krok dalej: poetykę baśni zaprzęga do konstrukcji fantastycznej opowieści ze świata istot mechanicznych, którą „mama-robot" opowiadać może swoim latoroślom.

Spytajmy więc, co zapożyczył Lem z obydwu skojarzonych gatunków? Na początek scenerię: kosmiczną, jak przystało na *science fiction*, umieszczoną jednak poza znaną nam przestrzenią i jej punktami orientacyjnymi — jak to bywa w bajce. Bohaterowie przenoszą się bez trudności z galaktyki na galaktykę, wykazują niezwykłe zdolności konstruktorskie, wytwarzają dowolne pierwiastki chemiczne itd. — wszystko podług konwencji fantastyki naukowej, ale tuż obok znajdujemy motywy typowo baśniowe: planetami rządzą feudalni monarchowie, utrzymujący dwory i doradców knujących wzajem przeciw sobie niecne intrygi (*Doradcy króla Hydropsa*). Ci władcy mają problemy całkiem na miarę swoich ziemskich poprzedników z czasów historycznych: płodzą następców tronu (*Doradcy króla Hydropsa*), martwią się o losy swych córek i urządzają turnieje kandydatów do ich ręki (*Jak Erg Samowzbudnik bladawca pokonał*), dręczą poddanych podatkami (*Uranowe uszy*), lękają się spisku na swe życie i strącenia z tronu (*Uranowe uszy, Bajka o królu Murdasie*), poza tym jednak zwykle się nudzą, co popycha ich w różne uciążliwe dla poddanych, a czasem i dla nich samych niebezpieczne przedsięwzięcia (*Bajka o maszynie cyfrowej, co ze smokiem walczyła*). Biada temu, kto się nawinie pod rękę takiemu znudzonemu królowi; będzie zmuszony bawić go niezwykłymi historiami, a jeśli, broń Boże, nie zadowoli władcy, przypłaci to życiem (*Król Globares i mędrcy*); jeśli natomiast spróbuje zaimponować monarsze czymś niezwykłym, czego tamten nie potrafi, będzie się musiał nieźle uwijać, by ocalić przed zawistnikiem głowę (*Skarby króla Biskalara*).

Jesteśmy najwyraźniej w świecie klasycznej baśni: obok władców są dworacy, rycerze i mędrcy, stacza się tam bitwy i pojedynki — groteskowe, bo zarazem kosmiczne w skali i po średniowiecznemu prymitywne; zresztą naczelnym chwytem pisarskim autora *Bajek* jest krzyżowanie zamierzchłej i superprzyszłościowej techniki. Dlatego trzeba bez przesady cały Kosmos przetrząsnąć, aby odnaleźć kluczyk, którym naiwna królewna „co wieczór rozum nakręca", atomy „łuska się" ręcznie, niczym groch, z garłacza zaś strzela się — a jakże! — antymaterią.

Brak nam tylko w tym świecie czarowników i mocy nadprzyrodzonych. Rzeczywiście: trudno byłoby określić, na czym polega „cudowność" w krainie robotów, gdzie niemal wszystko, co można wymyślić, da się skonstruować, a tym samym obszar tego, co „naturalne" (bo nie wymaga czarów, tylko szczególnej, inżynierskiej sprawności), rozszerza się prawie w nieskończoność. Tak więc nie ma w *Bajkach robotów* sfery zdarzeń nadprzyrodzonych i jeśli nawet czytamy o czymś, co zaprzecza prawom fizyki (jak owe „atomy złota, wielkie jak cztery pięście" z historii o Ergu Samowzbudniku), to skłonniśmy to raczej przyjąć za żart autora, który bawi się konwencją baśniowej przesady, niż za rzeczywisty wynik działania jakichś nadnaturalnych sił.

Rolę czarowników i wróżek pełnią więc u Lema konstruktorzy. To ich niewyczerpanej pomysłowości zawdzięczamy widowiskowe turnieje gwiezdnych potęg; siłę magiczną zastępuje tam wytrawny intelekt i inżynierska zręczność. A wymowa moralna? Jeśli u Lema Dobro zwycięża, to nie dlatego, że jego magia silniejsza; zwycięża, ponieważ Zło jest głupsze. Głupsze, choć chytre: wydaje mu się, że świat przekabaci na swoją stronę, ale wtedy właśnie wpada w zasadzkę, w ten dołek, który dla innych, dla Dobra wykopało. Tak więc okrutny Architor nie chce, by się jego poddani gromadzili, chciałby jednak sam gromadzić ich pieniądze — i oto sprytny jego pomysł odwraca swe ostrze, godząc w autora (*Uranowe uszy*), doradcy króla Hydropsa, spragnieni łask miłującego wszystko, co małe, następcy tronu, miniaturyzują swe ciała na wyprzódki, aż stają się tak maleńcy, że przeciąg unosi ich daleko poza salę koronacyjną, skutkiem czego nie zdołają przypodobać się nowemu władcy (*Doradcy króla Hydropsa*). Tchórzliwy król Murdas, bojąc się strącenia z tronu, każe wymordować całą swą rodzinę, a sam siebie rozbudowuje do rozmiarów miasta, ale wtedy właśnie dręcząca go obsesja „ma miejsce", aby się w nim samym rozpanoszyć, zawładnąć elektrycznymi snami i w końcu doprowadzić monarchę do wewnętrznego rozpadu i samozniszczenia. Osobliwy to „racjonalistyczny" wariant historii o upiorach i zemście zza grobu (*Bajka o królu Murdasie*). U Lema głupia z założenia jest wszelka chciwość i żądza władzy. Symboliczna pod tym względem jest opowieść *Trzej elektrycerze*: po skarby Krionidów wybrać się może tylko istota doskonale bezmyślna — ale ją znów łatwo jest wywieść w pole i doprowadzić do zguby.

W bajkach tradycyjnych wygrywał zwykle przysłowiowy już „głupi" (lecz dobry) Jaś. Jego wrażliwe serce zjednywało mu pomocników (ptaszki, mrówki, wiernego rumaka itd.), otrzymywał w darze magiczny talizman (czarodziejski pierścień, kulę, miecz etc.) — i już potem mógł rozprawić się ze wszystkimi przeciwnościami. U Lema jeśli taki „pomocnik" wspiera Dobro, to musi być przez bohatera wcześniej po prostu skonstruowany (*Skarby króla Biskalara*). Czasem wręcz autor podrwiwa sobie z oddanego w każdych okolicznościach sojusznika. Tak właśnie czyni w *Przyjacielu Automateusza*, historii, w której niewiele rysów tradycyjnej baśni da się rozpoznać. Pozostaje tylko „magiczny pomocnik", którego rolę sparodiowano i wywrócono na nice: w sytuacji ostatecznej zagrożenia śmiercią niezachwianie logiczne i racjonalne wywody małego Wucha na nic Automateuszowi przydać się nie mogą — chyba do tego tylko, by rozwścieczony do ostateczności nie popadł w odrętwienie i nie zrezygnował z „bezsensownej" walki o życie. Tam bowiem, gdzie konflikt racji dotyka samego „być albo nie być", kończą się argumenty logiczne: zaiste, woli istnienia nie da się podporządkować matematycznym wzorom na optymalne działania.

O historii Automateusza chciałoby się powiedzieć, że opisuje ona zasadniczo nieracjonalny, osobliwy charakter ludzkiego istnienia i natury, ale przecież wiemy, że bohater opowieści jest robotem. Widać, że Lem nie nazbyt przejmuje się tutaj psychologicznym prawdopodobieństwem, różnicowaniem osobowości z uwagi na odmienne warunki życia i konstrukcję fizyczną. W jego kosmicznych bajkach dokonano pewnych podstawień — planet za państwa, konstruktorów za czarowników, komputerów za talizmany itd. — a jednocześnie pełnią one rolę podobną do tradycyjnej bajki zwierzęcej, tzn. są także przypowieściami o ludziach, tyle że zamiast żab, zajęcy, wilków czy owiec występują tam istoty mechaniczne. Są wszelako i różnice: bajka zwierzęca operowała z reguły alegorią — odsyłała poprzez ogólnie znaną konwencję symboliczną do pewnych ludzkich postaw i charakterów: lew oznaczał drapieżność i majestat władzy, lis — chytrość, baranek — niewinność i bezbronność etc. W bajkach Lema tak nie jest: „konstrukcyjna" odrębność poszczególnych bohaterów tylko wyjątkowo wpływa na ich rolę w baśniowych fabułach; tzn. są przede wszystkim „chciwymi królami", „podstępnymi doradcami", „walecznymi rycerzami", a potem dopiero robotami. W kilku jednak przypadkach konstrukcja bohatera odgrywa istotną rolę: o monstrualnym Architorze dowiadujemy się, że miał sześćset dłoni, z których każda wypełniała jedną z pałacowych sal, Metameryk jako gigantyczny pierścień opasuje całą swą planetę (*Biała śmierć*), Murdas powiększa się do rozmiarów miasta. We wszystkich przypadkach gigantyzm służyć ma do obrony (przed rokoszem poddanych, przed zemstą ludzi) — i w efekcie na nic się nie zdaje: trzej elektroniczni olbrzymi rozpadają się i giną bez ratunku, nie inaczej dzieje się z kosmoludem Gigacyanem, który także rozlatuje się za sprawą filigranowego rubinka Mikromiła. Roboty Lema mogą więc wprawdzie dość dowolnie zmieniać wygląd i rozmiary swego „ciała", ale — jak widać — autor sprzyja tylko tym, które zachowały umiar, czyli po prostu ludzkie proporcje. Przebudowa siebie samego — czy to zogromnienie, czy miniaturyzacja — jest znakiem „niezgody na własną kondycję" i prowadzi zwykle do zguby.

Tak z grubsza wygląda obrona człowieczeństwa i „ludzkiej skali" w symbolice *Bajek robotów*. Ale jest i na odwrót: w tamtym świecie funkcjonuje przecież groźna legenda o człowieku. Bladawiec to dla robotów stwór odrażający zarówno z uwagi na swą fizyczną konsystencję, jak i z powodu niespotykanej, przewrotnej złośliwości i żądzy niszczenia. Można na ten konterfekt malowany przez roboty patrzeć rozmaicie: jest śmieszny, bez wątpienia, bo nadmiernie demoniczny — ale ostatecznie czyż sami często nie tak właśnie przedstawiamy sobie Obcych? A krytyka cielesności bladawca? Lem powtórzy ją z całą powagą gdzie indziej, np. w *Summie technologiae*, przewidując, iż kiedyś może zrezygnujemy z naszej niedoskonałej naturalnej powłoki, by swoje umysły przenieść w mechaniczne ciała i elektroniczne mózgi. I jeszcze raz demonizm — tyle że w wydaniu mitologicznym: społeczności robotów u Lema żyją w stałym poczuciu zagrożenia jakąś kosmiczną zemstą ze strony swych dawnych twórców i panów. Stąd w cyklu *Bajek robotów* pojawiają się utwory wcale do bajek niepodobne, stylizowane raczej na zamierzchłe i straszne legendy: *Dwa potwory* i *Biała śmierć*. Człowiek istnieje więc w książce Lema na dwa sposoby: jawnie pełni rolę „wzorca negatywnego" — w rzeczywistości jest ukrytym „ideałem robota". Nie ostatnie to z rozdwojeń, w jakie obfitują *Bajki*.

Czemuż jednak służyć miało owo spajanie rozlicznych przeciwieństw? Na pewno nie najmniej ważny był cel najprostszy: literacka zabawa. Mało jest w Polsce pisarzy tak jak Lem wyczulonych na grę językową, stylizację, parodię. Autor *Bajek* na początek zszywa dwie dziedziny słownictwa, które przedtem nie chciały nic o sobie wzajem wiedzieć: zbiór terminów współczesnych nauk ścisłych i językowy repertuar baśni. W efekcie powstaje wiele zbitek słownych, które od pierwszej chwili przyciągnęły uwagę krytyki i czytelników jako charakterystyczne znamię stylu książki. Jest na to przykładów bez liku: „elektrycerze", „robosły", „kosmolud", „cybergęśle", „maszynka-okruszynka", „druciki-truciki" itd. Widzimy, że to, co baśniowe, może się zawierać w samej postaci tych form złożonych: „kosmolud" zamiast „wielkoluda", „druciki-truciki" jak „kije-samobije" etc. Równie pomysłowe są nazwy wysokich godności w bajkowych państwach: „Wielki Cybernator Koronny", „Wielki Arcydynamik", „Wielki Podblaszy Koronny"; maszyna cyfrowa, pogromczyni smoka, każe mówić do siebie „Wasza Ferromagnetyczność"; także imiona bohaterów bawią nas połączeniem pierwiastka technicznego z prawdziwie „bizantyjskim" brzmieniem: „Arbitron Kosmozofowicz", „Diody, Triody i Heptody", „Matrycy Perforat" itd.

Ale gra językowa sięga także głębiej i wpływa na rozwój fabuły. No bo jeśli z „elektrosmoka" robi się „elektrosmoła" wskutek przejęzyczenia okładanej królewskim pantoflem maszyny (*Bajka o maszynie cyfrowej, co ze smokiem walczyła*), to znaczy, że Lemowy świat rządzi się nie tylko prawami fizyki, lecz i gramatyki — w całości bowiem utworzono go z materii języka. Dlatego możliwe są w nim takie purenonsensowe żarty, jak ten o smoku, który „zaczął ciągnąć, ciągnął, ciągnął, aż cały zatrzeszczał, zasapał się, zadygotał, ale nagle puściło — i wyciągnął z siebie pierwiastek!" W istocie przecież „trzeszczy" i „puszcza" tylko w języku — nigdzie indziej takie „działanie matematyczne" nie jest możliwe.

W rzeczy samej trudno byłoby na podstawie *Bajek robotów* zgłębiać tajniki współczesnej wiedzy. W jednym opowiadaniu (*Uranowe uszy*) sąsiadować potrafią koncepty wymagające od czytelnika minimum znajomości fizyki atomowej (jak owo składanie „masy krytycznej" z tytułowych uszu, a potem z uranowych dukatów) i zabawne nonsensy (historia powstania telegrafu bez drutu). Jak się wydaje, Lem wykorzystuje fakt, iż współczesna nauka tak zabrnęła w dziedziny najzupełniej obce ludzkiej codzienności, że stała się fantastyczna i niemal „bajkowa". Uczeni często dziś nadają zjawiskom kosmicznym i fizycznym nazwy metaforyczne, poetyckie, ocierające się o literaturę.

Wykorzystując to, autor *Solaris* często wytwarza — wśród zgiełku hipotez, które stawiają uczeni — coś w rodzaju naukowych „apokryfów", czyli niekanonicznej, bajecznej wersji różnych teorii o powstaniu Kosmosu, istot żywych, rozumu itp. Czasem czyni to wcale serio (np. w *Głosie Pana* czy w *Golemie XIV*) — w *Bajkach robotów* sama literacka forma zwalnia go z rygorów realizmu i naukowej dyscypliny. Dlatego trudno nieraz oddzielić w tych opowiadaniach parodię i zabawę polegającą na grze konwencjami od poważnych roztrząsań. Np. w *Bajce o maszynie cyfrowej, co ze smokiem walczyła* przeważa czysty humor, ale kiedy maszyna, aby zgładzić smoka, proponuje „stworzyć ogólną teorię zwalczania elektrosmoków, której smok księżycowy będzie wypadkiem szczególnym, bardzo łatwym do rozwiązania", śmiejemy się do rozpuku, tym razem już z prawdziwej nauki, która podobnym sposobem często ucieka przed rozwiązywaniem praktycznych zadań.

Mamy więc w *Bajkach robotów* dziedzinę poważnych problemów, a obok — dziedzinę beztroskiej zabawy literacką formą. Cóż je spaja w jeden artystyczny zamysł? Sądzę, że — mimo wszystko — sprawy człowieka i człowieczeństwa. To człowiek jest przecie istotą zarazem śmiertelnie poważną i niewymownie śmieszną, poczciwą i demoniczną, skomplikowaną i prymitywną — zależnie od punktu widzenia. W *Bajkach robotów* Lem proponuje nam bardzo szczególny punkt widzenia: taki, który właściwy jest literackiej parodii. Bo tak właśnie — jako parodię człowieczeństwa, ludzkich problemów, sposobu oglądania i tłumaczenia świata — można rozumieć *Bajki*. Czy jednak parodia służyć ma tutaj ośmieszeniu? Raczej nie. Aby lepiej zrozumieć zamysły autora, zwróćmy się do znamiennego zakończenia opowiadania *Król Globares i mędrcy*.

Wygłosiwszy już swoją bluźnierczą teorię o powstaniu Kosmosu, mędrzec komentuje ją następująco: „To, co powiedziałem, nie pochodziło z wiedzy. Nauka nie zajmuje się takimi własnościami bytu, do których należy śmieszność. Nauka objaśnia świat, ale pogodzić z nim może jedynie sztuka. Cóż wiemy naprawdę o powstaniu Kosmosu? Pustkę tak obszerną można wypełnić legendami i mitami. Pragnąłem, w mitologizowaniu, dojść granic nieprawdopodobieństwa i myślę, że byłem tego bliski. Ty i tak wiesz o tym, więc chcesz tylko zapytać, czy doprawdy Kosmos jest śmieszny. Ale na to pytanie każdy musi sam sobie odpowiedzieć".

Można przypuszczać, że tutaj sam autor mówi ustami swego bohatera. To on przecież, w *Bajkach*, doszedł w mitologizowaniu „granic nieprawdopodobieństwa", a zarazem próbował — ująwszy nieskończoność Kosmosu w tradycyjną formę literacką — pogodzić nas z nieludzkością przestrzeni i czasu. Jeżeli Wszechświat może być dla nas śmieszny, to nie w taki sposób, który go „poniży" czy „unieważni". Już raczej my się zmienimy, spojrzymy nań innymi oczyma; inaczej też patrzeć będziemy sami na siebie. „Śmieszność" dostrzeżona w porządku wszechrzeczy wskazuje więc, że patrzący potrafi zachować dystans — do świata, do własnej osoby, że — innymi słowy — potrafi zrobić użytek z lekcji, której udzieliły mu bajkowe roboty, i uzyskać dojrzałość. Taki oto cel — poważny — przyświeca zapewne opisanej tu literackiej zabawie.

Jerzy Jarzębski

Spis treści

Tekst *Bajek robotów* oparto na wydaniu:
Stanisław Lem *Dzieła zebrane*, red. nauk. Jerzy Jarzębski,
tom XVI *Cyberiada*, Wydawnictwo Literackie, Kraków 2001

Opieka redakcyjna
Krystyna Zaleska

Projekt okładki i stron tytułowych
Przemek Dębowski

Redakcja techniczna
Bożena Korbut

Książkę wydrukowano na papierze Creamy 80 g vol. 2,0
dostarczonym przez Zing Sp. z o. o.

Printed in Poland
Wydawnictwo Literackie Sp. z o.o., 2013
ul. Długa 1, 31-147 Kraków
bezpłatna linia telefoniczna 800 42 10 40
księgarnia internetowa:www.wydawnictwoliterackie.pl
e-mail: ksiegarnia@wydawnictwoliterackie.pl
fax: (+48-12) 430 00 96
tel.: (+48-12) 619 27 70
Skład i łamanie: Edycja
Druk i oprawa: Drukarnia Kolejowa Kraków Sp. z o.o.